रात में हारमोनियम

रात में हारमोनियम

उदय प्रकाश

वाणी प्रकाशन

वाणी प्रकाशन
4695, 21-ए, दरियागंज, नयी दिल्ली 110 002
फ़ोन : +91 11 23273167 फ़ैक्स : +91 11 23275710

शाखाएँ

अशोक राजपथ, पटना 800 004, बिहार

कॉफ़ी हाउस कैम्पस, महात्मा गांधी मार्ग, इलाहाबाद 211 001, उत्तर प्रदेश

महात्मा गांधी अन्तरराष्ट्रीय हिन्दी विश्वविद्यालय, वर्धा 442 001, महाराष्ट्र

सुल्तानिया रोड, मोतिया पार्क, भोपाल 462 001, मध्य प्रदेश

www.vaniprakashan.com
marketing@vaniprakashan.in
sales@vaniprakashan.in

RAAT MEIN HARMONIUM
by Uday Prakash

ISBN : 978-81-7055-625-1
Poetry Collection

संस्करण 1998, 2009, 2015
चौथा संस्करण 2020

सिटी प्रेस, दिल्ली-110 095 में मुद्रित

वाणी प्रकाशन का लोगो मक़बूल फ़िदा हुसेन की कूची से

दिक् साधनं क्रिया काल इति वस्त्वभिधायिनः।
शक्तिरूपे पदार्थनामत्यन्तमनवस्थिताः।।

–भर्तृहरि

प्रस्तुत संग्रह में मुख्य रूप से पिछले 14 वर्षों (1984 से 1998) के बीच लिखी गयी कविताएँ संकलित हैं। उदय प्रकाश के पहले कविता संग्रह 'सुनो कारीगर', (1980) और दूसरे संग्रह 'अबूतर कबूतर' (1984) के बाद हम इस नये संग्रह के बीच का अन्तराल काफ़ी लम्बा है। इस नये संग्रह 'रात में हारमोनियम' की अधिकांश कविताएँ **पहल, इंडिया टुडे, जनसत्ता, नवभारत टाइम्स, उद्भावना, वर्तमान साहित्य, साक्षात्कार, अतएव, राष्ट्रीय सहारा, नया पथ** आदि पत्र–पत्रिकाओं में समय–समय पर प्रकाशित होकर चर्चित हो चुकी हैं।

इस संग्रह की कविताओं के चयन, संकलन और प्रकाशन *संस्कृति विभाग, मानव संसाधन मन्त्रालय, भारत सरकार की वरिष्ठ छात्र–वृत्ति 1997–99* के अंतर्गत किया गया।

शिव नारायण सिंह अनिवेद

और

राबर्ट ह्यूक्सटड, बारबरा लोत्स, लोठार लुत्शे, जय रतन जी, सारा राय, हैदर ज़ाफ़री सैयद को, जिन्होंने मेरी रचनाओं को अनुवाद के माध्यम से अन्य भाषाओं के असंख्य पाठकों तक पहुँचाया।

हरिनारायण, महेश दत्त, अनामिका, अजित राय, मधु बी. जोशी, शैलेन्द्र चौहान को जो मेरे लिए अँधेरे में कन्दीलों की तरह थे।

अनुक्रम

पत्थर

इस पत्थर के भीतर
एक देवता ज़रूर है

उस देवता के मन्त्र से
यह पत्थर है

जैसे हम सब
पत्थर हैं किसी देवता के मन्त्र से।

अर्ज़ी

शक की कोई वजह नहीं है

मैं तो यों ही आपके शहर से गुज़रता
उन्नीसवीं सदी के उपन्यास को कोई पात्र हूँ
मेरी आँखें देखती हैं जिस तरह के दृश्य बेफ़िक्र रहें
वे इस यथार्थ में नामुमकिन हैं

मेरे शरीर से, ध्यान से सुनें तो
आती है किसी भापगाड़ी के चलने की आवाज़

मैं जिससे कर सकता था प्यार
विशेषज्ञ जानते हैं, वर्षों पहले मेरे बचपन के दिनों में
शिवालिक या मेकल या विन्ध्य की पहाड़ियों में
अन्तिम बार देखी गयी थी वह चिड़िया

जिस पेड़ पर बना सकती थी वह घोंसला
विशेषज्ञ जानते हैं, वर्षों पहले अन्तिम बार देखा गया था
वह पेड़
अब उसके चित्र मिलते हैं पुरा–वानस्पतिक किताबों में
तने के फॉसिल्स संग्रहालयों में

पिछली सदी के बढ़ई मृत्यु के बाद भी
याद करते हैं उसकी उम्दा इमारती लकड़ी

मेरे जैसे लोग दरअसल संग्रहालयों के लायक़ भी नहीं हैं
कोई क्या करेगा आख़िर ऐसी वस्तु रखकर
जो वर्तमान में भी बहुतायत में पायी जाती है

वैसे हमारे जेसों की भी उपयोगिता है ज़माने में
रेत घड़ियों की तरह हम भी
बिल्कुल सही समय बताते थे
हमारा सेल ख़त्म नहीं होता था
पृथ्वी का गुरुत्वाकर्षण हमें चलाता था
हम बहुत कम ख़र्चीले थे
हवा, पानी, बालू आदि से चल जाते थे

अगर कोयला डाल दें हमारे पेट में
तो यक़ीन करें हम अब भी दौड़ सकते हैं।

मैं लौट जाऊँगा

क्वांर में जैसे बादल लौट जाते हैं
धूप जैसे लौट जाती है आषाढ़ में
ओस लौट जाती है जिस तरह अन्तरिक्ष में चुपचाप

अँधेरा लौट जाता है किसी अज्ञातवास में अपने दुखते हुए शरीर को कम्बल में छुपाये
थोड़े–से सुख और चुटकी–भर सांत्वना के लोभ से सबसे छुपकर आयी हुई
व्यभिचारिणी जैसे लौट जाती है वापस अपनी गुफा में भयभीत

पेड़ लौट जाते हैं बीज में वापस
अपने भाड़े–बरतन, हथियारों, उपकरणों और कंकालों के साथ
तमाम विकसित सभ्यताएँ
जिस तरह लौट जाती है धरती के गर्भ में हर बार

इतिहास जिस तरह विलीन हो जाता है किसी समुदाय की मिथक गाथा में
विज्ञान किसी ओझा के टोने में
तमाम औषधियाँ आदमी के असंख्य रोगों से हारकर अन्त में जैसे लौट जाती हैं
किसी आदिम स्पर्श या किसी मन्त्र में

मैं लौट जाऊँगा जैसे समस्त महाकाव्य, समूचा संगीत,
सभी भाषाएँ और सारी कविताएँ लौट जाती हैं एक दिन
ब्रह्मण्ड में वापस

मृत्यु जैसे जाती है जीवन की गठरी एक दिन सिर पर
उठाये उदास
जैसे रक्त लौट जाता है पता नहीं कहाँ अपने बाद शिराओं
में छोड़कर निर्जीव–निष्पन्द जल

जैसे एक बहुत लम्बी सजा काटकर लौटता है कोई
निरपराध क़ैदी
कोई आदमी
अस्पताल में
बहुत लम्बी बेहोशी के बाद
एक बार आँखें खोलकर लौट जाता है
अपने अन्धकार में जिस तरह।

ढेला

वह था क्या एक ढेला था
कहीं दूर गाँव–देहात से फिका चला आया था
दिल्ली की ओर
रोता था कड़कड़डूमा, मंगोलपुरी, पटपड़गंज में
ख़ून के आँसू चुपचाप

ढेले की स्मृति में सिर्फ़ बचपन की घास थी
जिसका हरापन दिल्ली में हर साल
और हरा होता था

एक दिन ढेला देख ही लिया गया राजधानी में
लोग–बाग चौंके कि ये तो कैसा ढेला है
कि रोता भी है आदमी लोगों की तरह
दया भी उपजी कुछ के भीतर

कुछ ने कहा कैसे क्या तो करें इसका
नौकरी पर रखें तो क्या पता किसी का
सर ही फोड़ दे
ज़्यादातर काँच की हैं दीवारें और इतने क़ीमती
इलेक्ट्रॉनिक आइटम

कुछ ने कहा विश्वसनीयता का भी प्रश्न है
ढेले की जात कब किस दिशा को लुढ़क जाये
क्या पता किसी बारिश में ही घुल जाये

एक दिन एक लड़की ने पड़ी ढेले की कविता
और फिर
आया उसे ख़ूब ज़ोर का रोना

ढेला भीतर से काँपा कि आया उसके भी
जीवन में प्यार
आख़िरकार

उस रात उसने रात भर जाग–जागकर लिखी
एक कविता
कि दिल्ली में भी है
दुनिया के सबसे बड़े बैलून से भी ज़्यादा बड़ा
एक दिल
जहाँ एक दिन फिरते हैं ढेले के भी दिन

लेकिन अगले दिन वह भागा
और फिर भागता ही रहा
जब लड़की ने अपने प्रेमी से कहा–
'सँभालकर उठाओ और रख दो इस बेचारे को
गुड़गाँव के किसी खेत में
या टिकट देकर चढ़ा दो छत्तीसगढ़ एक्सप्रेस में
और भूल जाओ
उसी तरह जैसे राजधानी की सड़क पर हर रोज़
हम भूल जाते हैं कोई–न–कोई
दहशतनाक दुर्घटना'

आदमी लोगो, सुनो!
इस ढेले के भी हैं कुछ विचार
ढेले को भी करनी है बाज़ार में ख़रीददारी
इस कठिन समय में ढेले का सोचना है
उसको भी निभानी है कोई भूमिका

भाई, कोई है?
कोई सुनेगा ढेले का मूल्यवान प्रवचन
कोई अख़बार छापेगा
लोकतन्त्र और मनुष्यता के संकट पर
ढेले के विचार

भाई, कोई है,
जो उसे उठाये
उस तरह जिस तरह नहीं उठाया जाता कोई ढेला।

बचाओ

(अग्रज कवि ज्ञानेन्द्रपति के लिए)

चिन्ता करो मूर्द्धन्य 'ष' की
किसी तरह बचा सको तो बचाओ 'ङ'
देखों, कौन चुरा कर लिए चला जा रहा है खड़ी पाई
और नागरी के सारे अंक
जाने कहाँ चला गया ऋषियों का 'ऋ'

चली आ रही हैं इस्पात, फ़ाइबर और अज्ञात यौगिक
धातुओं की तमाम अपरिचित–अभूतपूर्व चीज़ें
किसी विस्फ़ोट के बादल की तरह हमारे संसार में
बैटरी का हनुमान उठा रहा है प्लास्टिक का पहाड़
और बच्चों के हाथों में बोल रही है कोई
डरावनी चीज़–डींप...डींप...डींप...

बचा लो मेरी नानी का पहियों वाला काठ का नीला घोड़ा
सँभालकर रखो अपने लट्टू
पतंगें छुपा दो किसी सुरक्षित जगह पर

देखो, हिलता है पृथ्वी पर
अमरूद का अन्तिम पेड़
उड़ते हैं आकाश में पृथ्वी के अन्तिम तोते

बतायें सारे विद्वान्
मैं कहाँ पर टाँग दूँ अपने दादा की मिरजई
किस संग्रहालय को भेजूँ पिता का बसूला
माँ का करधन और बहन के बिछुए मैं
किस सरकार को सौपूँ हिफ़ाज़त के लिए

मैं अपील करता हूँ राष्ट्रपति से कि
वे घोषित करें
खिचड़ी, ठठेरा, मदारी, लोहार, किताब, भड़भूँजा,
कवि और हाथी को
विलुप्तप्राय राष्ट्रीय प्राणी

वैसे खड़ाऊँ, दातुन और पीतल के लोटे को
बचाने की इतनी सख़्त ज़रूरत नहीं है
रथ, राजकुमारी, धनुष, ढाल और तान्त्रिकों के
सरंक्षण के लिए भी ज़रूरी नहीं है कोई क़ानून

बचाना ही हो तो बचाये जाने चाहिए
गाँव में खेत् जंगल में पेड़, शहर में हवा,
पेड़ों में घोंसले, अख़बारों में सच्चाई, राजनीति में
नैतिकता, प्रशासन में मनुष्यता, दाल में हल्दी

क्या कुम्हार, धर्मनिरपेक्षता और
एक–दूसरे पर भरोसे को बचाने के लिए
नहीं किया जा सकता संविधान में संशोधन

सरदार जी, आप तो बचाइये अपनी पगड़ी
और पंजाब का टप्पा

मुल्ला जी, उर्दू के बाद फ़िक्र करें कोरमे के शोरबे का
ज़ायका बचाने की

इधर मैं एक बार फिर करता हूँ प्रयत्न
कि बच सके तो बच जाये हिन्दी में समकालीन कविता।

चन्द्रमा

समुद्र में से घड़ियाल ने बजाये
विशाल पीतल में घण्टे बारह बार दुनिया भर में, यह हुई आधी रात

यह चन्द्रमा
किसी अदृश्य शरीर की नींद से उलझ रहा है
नींद में है नीला कोहरा
और चन्द्रमा खोता जा रहा है अपनी रोशनी

यह रोशनी भी उसकी नहीं, सूर्य की है
वह तो है पृथ्वी से छह गुना छोटा मिट्टी का एक अन्धा ढेला

चन्द्रमा की मिट्टी में
नहीं पैदा होता गेहूँ
चन्द्रमा में नहीं रहते किसान, वहाँ नदियाँ नहीं बहतीं
वहाँ समुद्र का, नदियों का, ऋतुओं का
प्रेम और वीर नायकों को कोई मिथक नहीं है

सूर्य की तेज़ और गर्म रोशनी से डर कर
छुपे हुए किसी चमगादड़ की तरह
चन्द्रमा को दिन में खोजा जा सकता है

जंगल की किसी गुफा में या साँप की तरह
दीमकों की किसी बांबी में

वह बच्चों का कंचा बना हुआ
बदलकर अपना भेष
लुढ़कता हुआ हो सकता है
मोहल्ले की गलियों में
सभी की आँखों के सामने दिन–दहाड़े

यह भ्रम है कि अपनी परिधि से उसका विचलन
नष्ट कर सकता है हमारे सौर मण्डल को

चन्द्रमा है संसार के सभी बच्चों का मामा
वह सांताक्लाज है उन समाजों का भी
जहाँ तक नहीं पहुँची प्रभु यीशु की परछाईं

वह रोता रहता है बीच–बीच में
सौर मण्डल से फ़रार और खाने आता है
माँओं के घर कटोरे में दूध–भात

चन्द्रमा में एक बुढ़िया है या ख़रगोश है या
बुढ़िया ही है जो चरखा कात रही है या फिर
वही है ईश्वर जिसे देख सकते हैं रात में
पदार्थवादी भी अगर उनकी आँखें
न हो गयी हों पदार्थ
और बाक़ी हो उनमें वह धूप
जो दृश्यों के पर देखने को सबब है

समुद्र के डूबा घड़ियाल
जब घण्टे बजाता है संसार के सभी क्लॉक टॉवर्स के

और लगातार अपने स्वाभाविक आँसुओं में से
देखता है चन्द्रमा को
तो रोता है चन्द्रमा भी आधी रात के बाद
वे आँसू होते हैं जो सुबह–सुबह
चप्पलों को गीला करते हैं और
भीग जाते हैं ट्रकों के टायर

मेरे बचपन में एक बार, एक बटन जो नहीं था
मेरी क़मीज़ में ओर अचानक प्रगट हो गया था एक दिन
चकित करता घर भर को
वर्षों बाद इस आधी उम्र को मैंने जाना
कि वह तो था चन्द्रमा
जो इसी तरह छुपा करता है विज्ञान और खगोल
के नियमों से भागकर हमारे बचपन की चीज़ों में

हो सकता है वह कोई शब्द, बना बैठा हो इस कविता में भी
जिसे आलोचक भी धोखें में पड़कर समझें
बड़ा अर्थवान्
जब कि किसी भी वक़्त वह शब्द
हो जाये ग़ायब
कविता को पृथ्वी पर छोड़ता हुआ उसके अर्थ के साथ

या क्या पता
वह अर्थ ही हो गया हो
जिस पर हो रही इतनी गम्भीर चर्चा
और वह अचानक चला जाये अपने सौर मण्डल में
त्यागता हुआ अर्थ और कविता को काग़ज़ पर

या फिर कोई क्या जाने
इस काग़ज़ की ही असलियत

मैं तो कहता हूँ
कि वही है सच्चा कवि, जिसका शरीर रात में चमकता है
चन्द्रमा की तरह
जो जानता है समुद्र के बुख़ार के बारे में
बजाता है संसार के सारे घण्टाघरों को
नियमपूर्वक
जीवन भर
लगातार।

किताब

वह भूल गया था मेरे कमरे में अपनी किताब

मैंने किसी जासूस की तरह प्रवेश किया
उसके भीतर
जिल्द को खोलता, प्रस्तावनाओं से बचता
मैं दाख़िल हुआ उस शहर में

वाक्य कोहरे से ढँके थे, प्रदूषण वहाँ भी था, आँसू थे
जिससे हवा में नमी और खरापन था
मात्राएँ अनन्त की ओर जा रही थीं
शब्द किसी रुलाई की तरह राके हुए थे अपनी अर्थ
कोई दारुण घटना घटी थी, भाषा जिसे ढँक रही थी
कोई सत्य था विकट, आख्यान जिसे छिपा रहा था

वहाँ समुद्र था, जिसमें मैं घिर गया था और मैंने पाया मैं उसमें
मछली की तरह तैर रहा हूँ
फेफड़े चाहते थे हवा, आँखें चाहती थीं धूप
हड्डियाँ चाहती थीं फॉस्फोरस
लेकिन चारों तरफ़ पानी था, जिसमें कभी न बोले गये संवाद
डूब रहे थे

जहाँ लिखा था 'सड़क', वहाँ दरअसल कोई सड़क नहीं थी
जहाँ लिखा था 'हवा', वहाँ हवा नहीं थी
जहाँ 'धूप' लिखा था, वहाँ नहीं थी कहीं भी धूप
सिर्फ़ स्याही थी जिसको छूते ही मूर्च्छा के बाद
मस्तिष्क का अन्धविश्वास सपने देखने लगता था

कहीं तो होगा पूर्णविराम!
शायद जहाँ मृत्यु हुई है और किसी औरत की सिसकी
सुनाई दे रही है,
वहाँ से बदला गया हो पैराग्राफ़

यह एक यातनाघर है, एक दुःस्वप्न, एक सुरंग
जो कहीं नहीं खुलती

एक क़िला, जिसमें प्रवेश के बाद संसार अपने दरवाज़े
बन्द कर लेता है बाहर से
इस पूरे कथानक में जीवन सिर्फ़ उतना है
जितना वह मेरी साँस के साथ
बुलबुलों की शक्ल में ऊपर उठ रहा है...

किताब यथार्थ है
और नेपथ्य है सारा संसार

मेरी आँखें फटी हैं
दर्शकों, मैं किताब के धोखे में रखे गये
इस एक्वीरियम में तैरती मछली नहीं
यक़ीन करो, एक मनुष्य हूँ

मैं किसी कहानी का कोई पात्र नहीं
मैं किसी कविता का बिम्ब विधान नहीं
किसी दर्शनशास्त्र या सिद्धान्त का प्रमेय नहीं
मैं किसी महान् पवित्र शब्द के अन्त में लगा हलन्त् नहीं
आदिम काल में खोजी गयी किसी प्राचीन भाषा की
कोई लिपि नहीं
मैं एक बिल्कुल ठोस, बहुत मामूली, बहुत बेज़ार–सा आदमी
हूँ

जैसे ही पूरा होगा पृष्ठ
और पन्ना पलटा जायेगा
एक छलाँग के साथ मैं आना चाहूँगा अपने जीवन में वापस!

शरीर

मेरा एक डॉक्टर दोस्त, जो एक अत्यन्त प्रखर कवि भी
है, कहता है–
यह हमारा शरीर केवल एक जीवित इकाई नहीं
कई सौ जीवित इकाइयों का एक जटिल और अद्‌भुत
तकनीक से संयोजित एक कमाल का संगठन है

किसी बहुत विकसित राज्य के असंख्य संस्थानों, न्याय
पालिकाओं और कार्य पालिकाओं,
हज़ारों विधि–विधानों और करोड़ों नागरिकों की सैंकड़ों
भाषाओं और उनकी अनगिनत क्षेत्रीय और सांस्कृतिक
भिन्नताओं
तथा हर नागरिक की अत्यन्त मौलिक व्यक्तिगत विशेषताओं
के समग्र जटिल–संश्लिष्ट अन्सम्बन्धो
से भी ज़्यादा जटिल, रहस्यपूर्ण और संश्लिष्ट है
शरीर की इन इकाइयों का अन्तसम्बन्ध

और किसी राज्य के अस्तित्व की तरह ही
अनगिनत संयोगों और सम्भावनाओं पर टिका है हमारा जीवन

उसके अनुसार हमारे शरीर के हर अंग का अलग है एक
जीवन

एक अपना अलग स्वभाव, अलग चरित्र, अलग क़िस्म की ज़रूरतें
और एक अलग इतिहास

मेरा ही उदाहरण लीजिए, मेरी दायीं आँख ने ज़्यादा दुख झेले हैं अपने जीवन में
सबसे ज़्यादा उसी में आते हैं आँसू
बायाँ हाथ ज़्यादा काँपता है, दायें के मुक़ाबले वह ज़्यादा बूढ़ा हो रहा है उम्र से पहले

गले में जहाँ कभी हुआ करता था संगीत
एक अन्धा कुआँ है जिसमें से आती है मरे हुए पानी की भर्राई हुई आवाज़
बीमार और ढीली होकर तलवे तक गिर चुकी है आत्मा
जिस पर असर नहीं करतीं न दवाएँ न दुआएँ, हर यात्रा में हर बार चुभती है कोई कील
घुटने जानते हैं सीढ़ियाँ ही सीढ़ियां है सारा संसार
इतिहास में दाख़िल होने के पहले ही फिसल जायेगी कटोरी

रहा मस्तिष्क तो उसकी भी अपनी अलग आत्मकथा है
उसके कई हिस्से अभी तक उपनिवेश हैं किसी अन्य साम्राज्य के
कुछ हिस्सों में दिखता है कोई स्वप्न या दूर कहीं जलता है कोई बल्ब और बुझ जाता है

एक ग़म है रोज़गार का जो बुख़ार है मेनिंजाइटिस का उसमें आती हैं
गड्ड–मड्ड स्मृतियाँ

और चीख़ते हैं तमाम कोटरो में करोड़ों लोग
यह उच्च–रक्त–चाप है कहता है डॉक्टर

आमाशय ने बचपन से ही बहुत दुख झेले हैं
जीभ की स्मृति में बार–बार कौंधता है माँ का चेहरा चूल्हे
की मद्धिम आँच में चन्द्रमा–सा
धुएँ और भूख के पार के आकाश में दिप–दिपाता
गल रही है किडनी तम्बाकू के निकोटीन में

समाज की तरह ही मेरे शरीर में भी हो रहे हैं अत्यन्त
महत्त्वपूर्ण ऐतिहासिक परिवर्तन
मेरे नियन्त्रण से दूर और स्वायत्त, अपने ही नियमों से निमग्न
मेरे विचारों, रचनाओं, आकांक्षाओं और सिद्धान्तों से बिल्कुल
अप्रभावित

मैं हूँ दर्शक फ़क़त
अपनी ही दुनिया और अपनी ही देह का
अपनी ही मरम्मत में व्यस्त

कई सौ अंगों का चलता फिरता एक जटिल समुच्चय
अपने इतिहास और अँगों को ढोता एक समस्याग्रस्त ढांचा
इस दिशा से उस दिशा किसी उम्मीद में किसी उन्माद से
भागता–दौड़ता एक उत्पीड़ित गुलाम गणराज्य

किसी एक दिन अपनी ही इच्छा या अपने ही दुखों से
निष्पन्द हो जायेगा
कोई एक अंग
या हो जायेगा इतना स्वतन्त्र कि तहस–नहस हो जायेंगी
सारी संरचनाएँ

कहा जायेगा,–कल तक तो ठीक–ठाक था
देर रात तक लिखता रहा कविताएँ
बिल्कुल भला–चंगा था
बस दग़ा दे गया दिल।

औरतें

वह औरत पर्स से ख़ुदरा नोट निकालकर कंडक्टर से अपने घर जाने का टिकट ले रही है
उसके साथ अभी ज़रा देर पहले बलात्कार हुआ है
उसी बस में एक दूसरी औरत अपनी जैसी ही लाचार उम्र की दो–तीन औरतों के साथ
प्रोमोशन और महँगाई भत्ते के बारे में बातें कर रही है
उसके दफ़्तर में आज उसके अधिकारी ने फिर मीमो भेजा है

वह औरत जो सुहागन बने रहने के लिए रखे हुए है करवा चौथ का निर्जल व्रत
वह पति या सास के हाथों मार दिये जाने से डरी हुई सोती–सोती अचानक चिल्लाती है
एक औरत बालकनी में आधी रात खड़ी हुई इन्तज़ार करती है
अपनी जैसी ही असुरक्षित और बेबस किसी दूसरी औरत के घर से लौटने वाले अपने शराबी पति का

सन्देह, असुरक्षा और डर से घिरी एक औरत अपने पिटने से पहले
बहुत महीने आवाज़ में पूछती है पति से
–कहाँ खर्च हो गये आपके पर्स में से तनख़्वाह के आधे से ज़्यादा रूपये?

एक औरत अपने बच्चे को नहलाते हुए यों ही रोने लगती है फूट–फूटकर
और चूमती है उसे पागल जैसी बार–बार
उसके भविष्य में अपने लिए कोई गुफा या कोई शरण खोजती हुई

एक औरत के हाथ जल गये हैं तवे में
एक के ऊपर तेल गिर गया है कड़ाही का खौलता हुआ
अस्पताल में हज़ार प्रतिशत जली हुई औरत का कोयला दर्ज कराता है
अपना मृत्यु–पूर्व बयान कि उसे नहीं जलाया किसी ने
उसके अलावा बाक़ी हर कोई है निर्दोष
ग़लती से उसके ही हाथों फूट गयी क़िस्मत और फट गया स्टोव

एक औरत नाक से बहता ख़ून पोंछती हुई बोलती है
क़सम खाती हूँ, मेरे अतीत में कहीं नहीं था प्यार
वहाँ था एक पवित्र, शताब्दियों लम्बा, आग जैसा धधकता सन्नाटा
जिसमें सिंक रही थी सिर्फ़ आपकी ख़ातिर मेरी देह

एक औरत का चेहरा संगमरमर जैसा सफ़ेद है
उसने किसी से कह डाला है अपना दुख या उससे खो गया है कोई ज़ेवर
एक सीलिंग की कड़ी में बाँध रही है अपना दुपट्टा
उसके प्रेमी ने सार्वजनिक कर दिये हैं उसके फ़ोटो और पत्र

एक औरत फ़ोन पकड़कर रोती है
एक अपने आप से बोलती है और किसी हिस्टीरीया में बाहर

सड़क पर निकल जाती है
बिना बाल काढ़े बिना किन्हीं कपड़ों के
कुछ औरतें बस अड्डे या प्लेटफार्म पर खड़ी हैं यह पूछती हुईं
कि उन्हें किस गाड़ी में बैठना है और कहाँ जाना है इस संसार में

एक औरत हार कर कहती है—तुम जो जी आये, कर लो मेरे साथ
बस मुझे किसी तरह जी लेने दो
एक पायी गयी है मरी हुई बिल्कुल तड़के शहर के किसी पार्क में
और उसके शव के पास बैठा रो रहा है उसका डेढ़ साल का बेटा
उसके झोले से मिलती है दूध की ख़ाली बोतल, प्लास्टिक को छोटा—सा गिलास
और एक लाल—हरी गेंद जिसे हिलाने से आज भी आती है झुनझुने जैसी आवाज़
एक औरत जो तेज़ाब से जल गयी है ख़ुश है कि बच गयी है उसकी दायीं आँख
एक औरत तन्दूर में जलती हुई अपनी उँगलियाँ धीरे से हिलाती है
जानने के लिए कि बाहर कितना अँधेरा है

एक पोंछा लगा रही है
एक बर्तन माँज रही है
एक कपड़े पछींट रही है
एक बच्चे को बोरे पर सुलाकर सड़क पर रोड़े बिछा रही है
एक फ़र्श धो रही है और देख रही है राष्ट्रीय चैनल पर फ़ैशन परेड

एक पढ़ रही है न्यूज़ कि संसद में बढ़ायी जायेगी उनकी तादाद

एक औरत का कलेजा जो छिटककर बोरे से बाहर गिर गया है
कहता है—मुझे फेंककर किसी नाले में जल्दी लौट आना,
बच्चों को स्कूल जाने के लिए जगाना है
नाश्ता उन्हें ज़रूर दे देना, आटा मैं गूँथ आयी थी

राजधानी के पुलिस थाने के गेट पर एक—दूसरे को छूती हुईं
ज़मीन पर बैठी हैं दो औरतें बिल्कुल चुपचाप
लेकिन समूचे ब्रह्माण्ड में गूँजता है उनका हाहाकार

हज़ारों—लाखों छुपती हैं गर्भ के अँधेरे में
इस दुनिया में जन्म लेने से इन्कार करती हुईं
वहाँ भी खोज लेती हैं उन्हें भेदिया ध्वनि तरंगें
वहाँ भी, भ्रूण में उतरती है हत्यारी कटार।

इस सदी में एक लड़की जिससे दिल्ली में मैंने प्यार किया था

एक कमरा है, घड़ी जिसमें वर्षों से टिक–टिक चल रही है
अख़बार और नीबू और नमकीन वहाँ वर्षों से रखे हुए हैं

एक म्यूज़िक–सिस्टम है जिसमें हमेशा से कोई पूर्वी या पश्चिमी संगीत बज रहा है
पाँच लड़कियाँ हैं जो छठी के चारों ओर एक घेरे में झुकी हुई हैं
छठी जैसे एक कुआँ हैं, जिसमें से वे निकालती हैं कोई रहस्य
उनका मांस ढीला है और उसमें कई दुख हैं जो मर्दों को उत्तेजना देते हैं

मैं इन लड़कियों को जानता हूँ, उनके घरों के धुँधलेपन को भी
आसपास जो सड़क, पुलिया और किराने की दुकानें हैं, उन्हें भी
वे मलिन–अन्धी सीढ़ियाँ जो किसी बुख़ार, किसी सिसकी, मार–पीट
या किसी अन्तहीन ख़ांसी में खुलती हैं

लेकिन मैं उस छठी लड़की को भी जानता हूँ,...हूँ नहीं था

वह कहीं और से यहाँ आयी थी राजधानी, खोजती थी
अपने लिए रोटी
और कोई भी ठिकाना, उसे मैं मिला नौकरी की जगह

एक सुरंग थी अथाह, जिसमें हमें चलना था बिना किसी
उम्मीद
हमारी आत्माएँ थीं दो खुले हुए घावों की तरह, एक दिन
जिन्हें सूख
जाना था अपने–आप

हम चाय पीते थे और सर्दियों में मूँगफली खाते थे
सबसे सस्ती चीज़ों में सबसे ज़्यादा स्वाद होता है, इस
सिद्धान्त को हमने ही खोजा था
हालाँकि इस सदी के सबसे महान् सिद्धान्त तब तक
धोखा दे चुके थे
एक दिन हम दोनों रो रहे थे कि इतनी कोशिशों के बावजूद
हम एक–दूसरे के किसी काम के न थे

फिर, हम दो सुदूर घटती घटनाएँ थे, किसी दूसरे नक्षत्र
की ध्वनियाँ,
जिनकी अलग–अलग होती हैं विद्युत–तरंगें
परलोक के समाचार जैसी थीं हमारे साथ घटती दुर्घटनाएँ
संसार का कोई ट्रांसमीटर उन्हें ग्रहण नहीं करता, हम दो
त्याग दिये गये शरीर थे ज़माने में
इस क़दर नष्ट थे हम, इतने तबाह कि एक–दूसरे से अपना
हाल छुपाते थे
अपने कलेजे को मुँह में छिपाकर लाचार मुस्कुराते थे
यही था एकमात्र छल जो हमने एक–दूसरे से किया था
इस जीवन में

फिर हम मिलने से बचने लगे
मैं छोटे–मोटे काम करता रहा और मूँगफलियाँ खाता रहा,
रात में शहर में
हर निर्जन में, अँधेरे में, सारी संदिग्ध सड़कों पर
भिखारियों, लावारिस लाशों, हिजड़ों और टैक्सियों से
लस्त–पस्त अपने घर को लौटतीं थकी हुई वेश्याओं
और बस अड्डों, होटलों के आस–पास, वी.आई.पी. बंगलों,
शादियों, मुर्दाघरों...
मैं हर जगह इनसोम्निया में चलता था उसे वहाँ कहीं खोज़
लेने से डरता हुआ

मैं अगर उससे मिलता तो याद दिलाना चाहता वह प्राचीन
सिद्धान्त
जो अब सिर्फ़ मेरी जर्जर क़मीज़ में बचा था

फिर यों ही जीवन गुज़रा इस समाज में जैसे गुज़रता है
दीन और निरुपाय
क़मीज़ फटी, सीढ़ियाँ दिखती थीं, उन्हें चढ़ना–उतरना
होता था
मैं हँसता था कि मैं देखो यहाँ कभी दुनिया बदलने आया था

फिर एक के पीछे लग लिया मैं भी, जैसे राजधानी के सारे
कवि लगे हुए थे
वह मुझे यहाँ ले आया दारू पार्टी में, एक कमरे में, जहाँ
वर्षों से चल
रही है एक बहुत पुरानी घड़ी

यहाँ वह थी, पाँच लड़कियों द्वारा चारों ओर से घिरी किसी
कुएँ की तरह

वह बार–बार किसी पुलक से भरकर अपने समूचे वजूद से हँसती थी
कशिश से भरी उसकी आँखों में प्रसन्नता की कौंध थी
हीरे की तरह जिसकी नुकीली कनियाँ मेरी आत्मा में चुभती थीं
वह हँसती थी मेरे आर–पार देखती हुई
फिर मैंने सुनी उसकी भाषा...'मेरे को लिटा दो कहीं भी मेरे को चढ़ गयी है
क़सम से...'

मैं अपनी पुरानी क़मीज़ की जेबों में पुराने सिद्धान्त खोजते हुए रोता था
दारू पीते हुए मूँगफलियाँ छील–छीलकर
मैंने सारे कमरे को भर दिया था
जब मैं बाहर निकला तो वैसी ही सड़क थी
एक अन्धी सुरंग थी, जिसमें मेरे लिए कोई नौकरी न थी
तमाम तरह के होर्डिंग्स लगे थे, बाज़ार में अत्यन्त महँगी चीज़ें कौड़ियों के भाव बिक रही थीं

कुछ अपराधियों, नेताओं, लफंगों, प्रवचनकारियों, खूँखार अभिनेताओं
और नंगी अभिनेत्रियों के पोस्टर लगे थे
पता चला किसी की हत्या हो गयी है
राजधानी में कहीं कोई हादसा हुआ है और पूरी दिल्ली में कर्फ़्यू है

कर्फ़्यू लेकिन उसे कमरे में नहीं था, वहाँ डांडिया था या डिस्को था

वहाँ भीमसेन जोशी थे या माइकेल जैक्सन, मैडोना थी या लता मंगेशकर,
वहाँ नीबू और नमकीन था, वर्षों से एक घड़ी लगातार चल रही थी
अख़बार था, जिसकी ख़बरें सोडे और शराब से सील गयी थीं

और वहाँ बीचों–बीच कालीन बिछा था, कालीन पर बीसवीं सदी की
अन्तिम आवाज़ें थीं, मज़े और कराह और ग्लानि और लालच में डूबी हुईं
किसी स्वर्ग जैसा कोई नरक था वहाँ
और उस कमरे में जो हवा थी वह मेरी ही साँस थी फ़क़त जिसके भीतर
वह छठी लड़की हँसती थी

मैं बाहर ठण्ड और अँधेरे में अपनी पुरानी क़मीज़ में पुलिस और गुंडों से बचता
इस समूचे समय को मूँगफली के छिलकों से पाटता
किसी कोढ़ी
या किसी भिखमंगे फ़कीर
या किसी आतंकवादी की तरह
दिल्ली में घूम रहा था।

वास्तविकता के बारे में एक कविता

अगर आप वास्तव में जानना चाहते हैं वास्तविकता
तो सच यह है कि यह युद्ध किसी भी धर्म के किसी भी परमपिता की
स्मृति में नहीं लड़ा गया। रक्तपात जो हुआ थोड़ा–बहुत और जो इस देश
में हमेशा से होता आया है, उसमें बहुत गम्भीर और विकसित क़िस्म के
हथियार नहीं थे।
यह लड़ाई अचानक ही शुरू हुई थी।
शाम का वक़्त था और जीवन की थकान भी थी।

बच्चों के झगड़ों पर हम अक्सर बहुत विचार करते हैं। जब कि ग़ौर से
देखें तों यह होता है किसी भी महान और बड़े युद्ध का ही छोटा रूप।
बच्चे भी
इस युद्ध में क्लासिकी गम्भीरता से मुब्तिला होते हैं। क्योंकि संसार में
सबसे ज़्यादा होते हैं बच्चे ही गम्भीर।

तो मान लीजिए युद्ध हुआ दो बच्चों के बीच। युद्ध होता

ही है दो पक्षों या दो बच्चों के बीच। उनमें से एक होता है जो करता है अन्याय। और
दूसरा उस अन्याय को जानता है। वैसे तो, जो बच्चा होता है भावुक और
कुछ अतिरिक्त संवेदनशील, वह बहुत साधारण, बहुत मामूली घटनाओं में
भी देख लेता है अपने प्रति होता हुआ अन्याय।

लेकिन हम शोर नहीं चाहते। हम आख़िर बच्चे नहीं है। बड़े हैं। और
बड़े शोर नहीं चाहते। वह चाहे न्याय के पक्ष में हो या अन्याय के विरुद्ध।
हम डाँटकर दोनों बच्चों को चुप करा देते हैं।
बड़ों की यही भूमिका होती है बच्चों के जीवन में। उन्हें ख़ामोश रखने
की।

बहरहाल, अब हम अगर उस भावुक बच्चे से पूछें उसके रोने और उसके
इस गुस्से का कारण तो एक विश्लेषण होता है उसके पास। बहुत
निर्दोष, पारदर्शी, मानवीय और समझ में आने वाला तर्क संगत विश्लेषण।
वहाँ एक भावुक लेकिन बहुत ईमानदार और बहुत निश्छल तर्क होता है।

हम बड़े हैं और हम जानते हैं कि ऐसी ही भावुक और निश्छल और
मानवीय धारणाओं पर रखी जाती है नींव किसी नैतिक

दर्शन, किसी
शास्त्र या राजनीतिक सिद्धान्त की। कई धर्मग्रन्थों, विचारधाराओं और
कविताओं की बुनियाद में होता है ऐसा ही बचपन। लेकिन हम बड़े हैं
और हम यह भी जानते हैं कि ऐसी धारणाओं और ऐसे बचपन के
कारण ही रहता है हमारा जीवन भी अशान्त और होती है दुनिया भर में
उथल–पुथल।

बस, यही वजह है कि हम उस भावुक बच्चे से सहमत रहते हुए भी करते हैं
उसकी भावुकता और उसके दृष्टिकोण का विरोध।
हम कहते हैं भावुकता बहुत बुरी चीज़ होती है। यह कुछ नया रचने के
पहले
करती है पहले की बनी तमाम चीज़ों की तोड़–फोड़।

भावुकता को बचपन में ही कुचल देना चाहिए। भावुकता और
संवेदनशीलता को दूर तक खदेड़ना चाहिए कुदाल लेकर और उसे गाड़
देना चाहिए
बचपन के किसी मैदान में।

क्योंकि हम बड़े हैं। और हम सोचते हैं कि जैसी यह दुनिया है और जैसी
यह होती जा रही है लगातार,
उसमें कैसे जायेगा यह लड़का ऐसा सिर

लेकर? परिणाम यह कि हम होते हैं भावुक बच्चे के प्रति
ही कठोर

ग़लत मत समझिए।
यह कठोरता एक पिता की है बच्चे के भविष्य को निस्संक
और सुरक्षित
बनाने के हित में।
लेकिन वह बच्चा हमें घूरता है, अपनी सूजी हुई आँखों से
लगातार। वह
रहता है चुप और उसकी धारणा बनती जाती है कि

बड़े हमेशा ही करते हैं अन्याय
यही वह धारणा है जो बन्द करती है उसका रोना और
पैदा करती है
उस बच्चे के मन में बड़ों के प्रति अविश्वास।
बड़ों के प्रति बच्चे के मन में यह धारणा भविष्य तक जाती
है और
इसी भावुकता के साथ वह होता जाता है वयस्क। वह
धीरे–धीरे
बनाने लगता है एक ऐसी दुनिया, जिसे हम चाहते हुए भी
करते रहते हैं जिसका विरोध।

और अब रहा दूसरा बच्चा। यानी इस लड़ाई का दूसरा पक्ष।
तो हम अच्छी तरह जानते हैं कि उसने ही किया है अन्याय।
कि वह
है भविष्य के एक अन्यायी का बचपन। हालाँकि जो बदल
सकता है।

हम इस दूसरे बच्चे से बाँध लेते हैं उम्मीद कि वह नहीं होगा असफल
हमारी तरह ज़माने में।
वह छलेगा दूसरों को, हमारी तरह छला नहीं जायेगा।

और हम किसी जिज्ञासु शिष्य की तरह उस बच्चे से पूछते हैं उसके अन्याय
के बारे में उत्सुकता के साथ।
लेकिन वह कहता है पूरी ईमानदारी से कि उसने नहीं किया है
कोई अन्याय। उसके पास भी होता है एक अलग विश्लेषण

उतना ही ईमानदार, निर्दोष और पारदर्शी। वह बच्चा वास्तव में
मानता है कि उसने नहीं किया है कोई अन्याय।
और हम देते हैं ईश्वर को धन्यवाद कि
चलो वह बच्चा कम–से–कम जियेगा तो एक
दुविधाहीन जीवन।

यह नहीं रहेगा कभी हमारी तरह अशान्त।
यह नहीं बनेगा मुक्तिबोध और दौलत कमायेगा।
होगा यशवान अपनी पराजय के पहले तक।

सहानुभूति की माँग

आत्मा इतनी थकान के बाद
एक कप चाय माँगती है
पुण्य माँगता है पसीना और आँसू पोंछने के लिए एक
तौलिया
कर्म माँगता है रोटी और कैसी भी सब्ज़ी

ईश्वर कहता है सिरदर्द की गोली ले आना
आधा गिलास पानी के साथ

और तो और फ़क़ीर और कोढी तक बन्द कर देते हैं
थककर भीख माँगना
दुआ और मिन्नतों की जगह
उनके गले से निकलती है
उनके ग़रीब फेफड़ों की हवा

चलिए मैं भी पूछता हूँ
क्या माँगू इस ज़माने से मीर
जो देता है भरे पेट को खाना,
दौलतमन्द को सोना, हत्यारे को हथियार,
बीमार को बीमारी, कमज़ोर को निर्बलता

अन्यायी को सत्ता
और व्यभिचारी को बिस्तर

पैदा करो सहानुभूति
कि मैं अब भी हँसता हुआ दिखता हूँ
अब भी लिखता हूँ कविताएँ।

तपस्या

बकसे, आलमारी, अरगनी
और घर के तमाम दरारों
कोनों से
निकलते चले आ रहे हैं
कपड़े, लत्ते, गूदड़

निकलते आ रहे हैं
और वह सिलती जा रही है
सिलती चली जा रही है
उसी तरह तल्लीनता से आँखें गड़ाये
झुकी हुई
जैसे तपस्या कर रही हो

कपड़े हैं कि फटते जा रहे हैं
पहुँचते जा रहे हैं उसके पास
तारीख़ें–महीनों–घण्टों के हिसाब से
गठान के गठान,
अन्धड़ में उड़ते पुआल की ढेरियों की तरह
और वह है कि फिर भी
खोजती जा रही है

और–और–और फटे कपड़े
और सिलती जा रही है

पाजामें, क़मीज़, साड़ी, ब्लाउज़
धोती, चादर,
अंगोछे
उँगली में सुई है
सुई में धागा
धागा लम्बा है उसकी उम्र से भी ज़्यादा
दादी–पड़दादी
नानी–पड़नानी के ज़माने के भी पहले के समय की
किसी पुरानी झांपी–पिटारी में
रखी है सदियों पुरानी रील
और धागा उसमें से निकलता चला आ रहा है

एक सफ़ेद तार है
जो काले–स्याह वर्षों के लम्बे
अँधेरे में खिंचा हुआ है
आज तक

कपड़े हैं कि चिथड़ा हो जा रहे हैं
ख़त्म ही नहीं होते
धागा है
कि नदी बन रहा है

वह सिल रही है
और गा रही है
और रो रही है
और हँसती भी जाती है

और सिल रही है
सिलती जा रही है

वह टाँक रही है
किवाड़ों के टूटते कबज़े
सिल रही है
छप्पर के फूटे खपरैल
बिखरती मुंडेर

ठीक जगह पर
बिठा रही है मयार, बड़ेरी
पैबन्द लगा रही है
चिराते दीवालों पर
रफ़ू कर रही है
बच्चे की बीमारी
जोड़ रही है
पति की छूटती–टूटती नौकरी

थेगला लगा रही है
पति के अपमान और
अपनी पीठ के
घावों पर
आनन–फ़ानन
सब सिले जा रही है

गिरस्थी की दरारों पर गिलाफ़ चढ़ाकर
कशीदे काढ़ रही है
सूद और किराये की
आँच में जलते

तकियों पर लिख रही है
'स्वागतम्'
'गुडनाइट'
और बैंगनी–पीले–हरे
बेल–बूटे काढ़ रही है

चादर पर काढ़ दिया है
उसने एक ऐसा फूल
जो हर समय में
लाल है

उसके बाल सफ़ेद हो रहे हैं
दुनिया बदलती जा रही है
लेकिन कपड़े हैं

कि फटते जा रहे हैं
पहुँचते आ रहे हैं ढेर के ढेर

धागा है
कि ख़त्म ही नहीं होता

और आँखों को रोशनी है
कि मद्धिम ही
नहीं पड़ती।

पंचनामे में जो दर्ज़ नहीं है

वे सभी अवश्य किसी और की प्रतीक्षा में थी
जब उन्हें पारस्परिक अँधेरे में घसीटा गया
आग के आस–पास उन पर रंग चढ़ाये गये
उन्हें पवित्र कर उन्हें ज़री और गोटे के कपड़ों से मढ़ा गया
तेल और हल्दी और चन्दन का उबटन लगाया गया

वे बिस्तर की तरह ठण्डी
और किसी लावारिस लाश की तरह बेबस थीं
जब सारी खिड़कियाँ–दरवाज़ें बन्द कर
बाजे–गाजे के साथ उनकी जँघाएँ खोली गयीं
वे जायकेदार व्यंजनों की तरह मसालों की ख़ुशबुओं में
महकती थी

बरनम वन से काटकर लाये गये बाँस की अभागी बाँसुरियाँ
हत्यारों की उत्तेजित शिराओं में
जिनकी धुनें लगातार बजती थीं

मसलने के लिए फूल, धुनने के लिए रूई, जलाने को कपूर
कुचलने को घास
जो उन्हें खाता वे उसका स्वाद थीं

सुबह–सुबह चादरों और उनके कपड़ों में
रात के रक्तपात के धब्बों से अनुमान लगाया गया
वे कितनी अक्षत और निष्कलंक थी

हर रात सन्देह की आग से वे बिना जले निकल आतीं
और घर के काम–काज में बिना तनख़्वाह माँगे लग जातीं
उनके गर्भ और अतीत की तमाम सन्देहास्पद गलियों में
जासूस तैनात किये
जाते लेकिन बिना कोई सबूत वे छतों और बाज़ारों और
आँगन और
बालकनियों में
निरपराध तितलियों और गौरइयों की तरह चहकतीं

चुपके से, उनसे छिपाकर, उनकी चिट्ठियाँ खोली जातीं
उनकी चिट्ठियों में उनके सारे झूठ पकड़ में आते–
हम बहुत सुखी हैं। इस बात तीज में खूब लड्डू बनाये गये।
छुट्टियों में नैनीताल गये थे। गुड्डू अपनी क्लास में फ़र्स्ट
आया है।
भइया के लिए उसके जीजा जी ने सूट का कपड़ा ख़रीदा है...

शादियों में वे ख़ूब हँसती थीं, ख़ूब खाती थीं।
गहने और असंख्य रंगों के कपड़े पहनकर एक–दूसरे को
जलाती थीं
लेकिन अँधेरे में आईने के सामने उनकी नाक से ख़ून
बहता था

वर्षों तक, उन्हीं के ख़ून और उन्हीं के रज से उनको
नहलाते हुए
जब किसी एक दिन उन्हें मिट्टी के तेल या पेट्रोल में

भिगोया गया और एक तीली उन्हें दिखायी गयी
या जिस तकिये में उन्होंने 'गुडनाइट' या 'नमस्ते' और
अज्ञात फूल काढ़
रखे थे
वही तकिया
उनकी नाक में देर तक दबाया गया

और वे हवा से सिर्फ़ एक साँस पाने के लिए उसी तरह तड़पीं
जैसे संभोग के दौरान किसी सान्त्वना भरे स्पर्श के लिए
तड़पती थीं
जैसे मछलियाँ बुलबुलों के भीतर की हवा के लिए तड़पती हैं

या जब वे चौथी मंज़िल से नीचे कूद गयीं
या जब एक दिन घर भर में चूड़ियों के टुकड़े, ख़ून और
अपने बाल
बिखेर कर वे कहीं अकेली भाग गयीं
और बिना पूछे कहीं भी जाने वाली रेलगाड़ी में बैठ गयीं

या जब बिना किसी को कुछ बताये
उन्होंने ख़ुद ही चुपचाप सल्फास खा लिया

वे मदर टेरेसा और मेधा पाटकर को नहीं जानती थीं
अंग्रेज़ी बोलने वाली सम्पन्न औरतें जो उन्हें उनके अधिकारों
के बारे में सचेत करती थीं
उन्हें वे मेमें मानती थीं, सिगरेट पीने वाली, पति बदलने वाली
उन पर वे ताज्जुब से हँसती थीं और उन्हें कोसती थीं

वे तो बहुत पुरानी लकड़ी के किवाड़ों में लगी कुंडियां थीं,
रोज़–रोज़ अमचूर, नीबू और राख से चमकाई जाने वाली

पीतल की कहाड़ियाँ थीं।
वे तो पिता द्वारा वहाँ गमले में रोप दी गयीं तुलसी का पौधा थीं...
वे किसी जर्जर नाव की सड़ी–गली कमज़ोर पतवारें थीं
जिन्हें कोई स्वार्थी और क्रूर मल्लाह
समुद्र में पीटता था...

यह तथ्य पंचनामे में पुलिस दर्ज़ नहीं करती
लेकिन हर कोई इसे देख सकता है
कि ठीक मृत्यु के बाद
एक बहुत सघन
एक बहुत स्वतन्त्र–सी हँसी उनके होंठों पर आती है

उनके शव के इर्द–गिर्द और उनके शरीर पर पायी गयी
चीज़ों और चोटों की सूची में इस हँसी का
ब्यौरा अक्सर छूट जाता है
शायद उन सभी के जीवन में
उनके गोपनीय अतीत में
कभी–न–कभी ओस की कोई बूँद एकाध बार गिरती ज़रूर है
जिसकी स्मृति में
वे अपने जीवन भर हरी होती रहती हैं
पहले सबसे छुप कर
और मृत्यु के समय
निर्लज्ज सबके सामने!

कवि की पीड़ित ख़ुफ़िया आँखें

हत्यारे ने उस औरत को मारने में दो मिनट लगाये
उस पर दो शताब्दियों तक चलता है मुक़दमा
जिसने सार्वजनिक कोष से साफ़–साफ़ उड़ा लिए सैंकड़ों करोड़ रुपये
उसकी सत्तर साल तक जाँच करता है जाँच आयोग

कोई किसी से पूछता है, क्यों यह समय इतना निरपेक्ष और किसी
अक्षम्य पाप जैसा है
जब नहीं सुनता कोई किसी की बात तो एक उपेक्षित कवि
अपने कान समूची पृथ्वी पर लगाता है
हर अँधेरे में सुलगती हैं उसकी पीड़ित आत्मा की ख़ुफ़िया आँखें

अप्रासंगिकताएँ क्यों हावी हैं इस क़दर तमाम अच्छी और ज़रूरी चीज़ों पर
जो चीज़ें ठीक–ठाक हैं और जो चाहिए तमाम लोगों को उनका
विज्ञापन क्यों नहीं दिखायी देता कहीं?
उनकी कोई क़ीमत क्यों नहीं बची, कुछ बतायेंगे आप?
एक छोटी–सी जेब में समा जाने वाली कँघी,

खैनी, राई, अरहर और गुड़ के लिए
अपने कपड़े क्यों नहीं उतारतीं मधु सप्रे और अंजलि कपूर
बीड़ी के बंडल का रैपर क्यों नहीं बनाते अलेक पदमसी
वो कौन हैं जिनके लिए है इतना सारा उद्योग

रात भर कई सालों से गिरती हैं आकाश से सिसकियाँ
और ख़ून
स्वप्न चुभते हैं उसके तलवों में जो भी इस समाज से
गुज़रता है
एक ग़रीब धोबी जो टैगोर हो सकता था
सारे शहर के कपड़े धोता है इतनी ठण्ड में आधी रात अपने
आँसुओं से
एक स्त्री इतनी ज़ोर–ज़ोर से हँसती है अपनी हत्या के
ठीक एक
पल पहले

कोई विश्वास होता है हर बार, जिसका घात होता है हर बार
सब लोग यह सब जानते हैं पर ख़ामोशी ही लाज़िमी है
जो यथार्थ को व्यक्त करता है
वह मार दिया जाता है अफ़वाहों से।

एक नसीहत, जो हम बताये जाते हैं

सबसे पहले मैंने उसे एक गोष्ठी में कविता पढ़ते सुना था। बहुत अधिक मात्रा में भाषा थी उसके पास। शब्द अपार चींटियों की तरह एक–दूसरे को ठेलते, एक–दूसरे पर चढ़ते निकलते रेंगते चले आते थे। जैसे पहली बारिश में कीट–पतंगे निकलते हैं किसी छोटी–सी बांबी में से और देखते–देखते पूरे आकाश में छा जाते हैं।

फिर उनके अर्थ गिरते थे ज़मीन पर कचड़े की तरह, जिन्हें साफ़ करना और कहीं ठिकाने लगाना मुश्किल होता था।

कवि पारंगत और प्रतिष्ठित था। हर शब्द आकस्मिक और सभी को आह–आह चकित करता हुआ। सभागार में मैं हतप्रभ और गूँगा हो चुका था। उसकी भाषा में समस्त विचार थे, सभी प्रकार के अनुभव थे, तमाम तरह की करुणाएँ और वंचनाएँ थीं। और कौतुकताएँ और उक्तियाँ थीं। दर्प था और मूढ़ता थी ज्ञान की शक्ल में बार–बार झलकती हुई। और वे सब एक–दूसरे को काटती थीं। एक–दूसरे का संहार करती हुईं उन्हें निरस्त करती थीं। और यही वह क्षण होता था जब आकाश में मरे हुए कीट–पतंग कचड़े की तरह नीचे गिरते थे।

तो फिर यह होता है इसके बाद कि वह कवि ले जाता है आपको एक संकरी गली के भीतर। उसकी भाषा और उसके शब्दों और उसके चमत्कारों में घिरे आप नहीं देख पाते कि इस गली में धूप नहीं आती। सीवेज पाइपों से टपकती है इस सदी की समूची बिष्ठा। गली में जो हवा है उसके प्रदूषण में दंगों, बारातों और वारदातों की गन्ध है। समूची नागरिकता वहाँ पचास साल से खाँसती है। स्त्रियां निरन्तर प्रजनन और प्रसव करती हैं। कैमरों के सामने नंगी, अन्ध–नंगी परेड करती हुई अपनी फटी मृत आँखों से सभ्यता को देखती हैं और बिना चीख़े चुपचाप किसी स्टोव या किसी तन्दूर में दाख़िल हो जाती हैं।

'...सुनिए भाई साहब, यहाँ एक बार बीबीसी के लिए शूटिंग करने सुस्मिता सेन आयी थी और एक बार एक और मैडम, जिन्हें नेशनल अवार्ड मिला था...' स्मैक के अँधेरे में घूरता एक मरणासन्न तेजस्वी नौजवान बताता है।

आप देखते हैं कि उसी गली में, अन्त में एक इमारत है, जिस पर किसी संस्था या किसी अकादमी का बोर्ड टँगा हुआ है। वहाँ कतार से पार्किंग में कारें खड़ी हैं और कुछ अफ़सर अपने चमकदार दाँतों में अपने पुरस्कारों को छिपाते हुए समोसे खा रहे हैं। एक ढल चुकी नृत्यांगना चेहरे पर सफ़ेदा और आँख में यक्षगान जैसा कोयला पोत कर पद्मश्री होने के लिए नाच रही है।

वह कवि, जिसके पास अपार भाषा थी और विपुल शब्द भण्डार था और जो प्लेग, दंगों, बेरोज़गारी और पुलिस की गोली से मरते लोगों को साक्षर बनाने के अभियान में लगा था और जो हमें इस संकरी गली में काव्यात्मक ढंग से

बाँह पकड़कर ले आया था, अचानक हमें छोड़कर भागता है और लपककर तख़त पर चढ़ जाता है।

सारी किताबों, सारे टी.वी. सेटों और सभी समारोहों में दिखने लगता है उनका चेहरा।

हम धोखे को पहचान जाते हैं। भाषा ही वह छल है जो हमें इस इमारत तक ले आयी। इतने सारे शब्द, निश्चय ही, कुछ व्यक्त करने के लिए नहीं, कुछ छिपाने के लिए होते हैं

चाँदनी चौक कभी अगर जाओ या करोल बाग या फाकलैंउ रोड या कमाठीपुरा तो बहुत बोलने वाले और बाँह पकड़कर किसी संकरी गली की ओर खींचने वाले आदमी के झाँसे में मत आओ।

बहरे बन जाओ या ख़ुद ज़ोर–ज़ोर से गाओ तो किसी भी फ़रेब से बच जाओगे यह बात हम नसीहत के तौर पर बताये जाते हैं।

क्योंकि भाई साहब, हमने भी बहुत ज़्यादा भाषा से आपकी तरह बहुत ज़्यादा धोखे खाये हैं आज तक।

घर

इस समय
जब कि कोई भी वाक्य पहले का अर्थ नहीं देता
मैं कहना चाहता हूँ
'मैं घर जाना चाहता हूँ'

यह मेरी आत्मा और मेरे
हृदय की आवाज़ है
अगर ऐसी चीज़े अब भी हैं तो

इस समय
जब कि 'घर' का वह अर्थ नहीं रहा
जब कि मैं बूढ़ा हो रहा हूँ
जब कि शीशम के पेड़ नहीं रहे और
सरौतियाँ और पहले वाली बुढ़िया नहीं रहीं
इस समय
जब कि बच्चे लालटेन के चित्र किताबों में देख रहे हैं

इस समय
मैं शायद बहुत मलीन, बहुत भावुक और बिल्कुल बच्चा
हो रहा हूँ
यह जानते हुए भी मैं कह रहा हूँ

'मैं घर जाना चाहता हूँ'

मेरी आत्मा की आवाज़ है यह

जब कि घर रोज़गार नहीं है
जब कि कोठरियों में बाज़ार नहीं लगा है
जब कि घर से दूर मेरा शरीर आज ख़ुद एक घर है बाढ़ में डूबा
जब कि इस घर में कई प्राणी बसते हैं

इस समय जब कि घर की ओर जो ताकता है
वह नष्ट हो रहा है
जो उस दिशा को जा रहा है वह हार रहा है
और यथार्थ उसे निर्ममता के साथ सरलतापूर्वक मिटा रहा है

जब कि सब लोग घर छोड़–छोड़कर बाहर निकल रहे हैं
जब कि कूच की तैयारी है, सब सामान बाँध रहे हैं
मैं कह रहा हूँ
'मैं घर जाना चाहता हूँ'

जब कि इस वाक्य के सारे हिज्जे
अनिश्चयवाचक हैं
मुझे पता है वे वह अर्थ दे भी नहीं रहे हैं
जो आप ले रहे हैं और जो मैं उन्हें देना
चाहता हूँ

इस समय
सिर्फ़ मेरा हृदय जानता है

किस हाल में मैं इस वाक्य का इस्तेमाल कर रहा हूँ

और वे जानते हैं
जो मेरी तरह
अपने–अपने घर जाना चाहते हैं

...और पत्ते गिर रहे हैं इस तरह लगातार

एक

आप पत्रकार हैं
आप कहाँ से आ रहे हैं और कहाँ जा रहे हैं
क्या ख़बर है आपके पास और किसके लिए है वह ख़बर
आपकी आँखें कहाँ हैं और क्या वे आपकी ही आँखें हैं
और वह भूरा कत्थई–सा सिर
जिसे बचपन में आपकी माँ सहलाया करती थी कभी
वही सिर, जिसमें कुछ सपने, बचपन और इरादे हुआ करते थे कभी
मुहावरों के अनुसार जिसमें हुआ करता था कभी ईश्वर का वास

आप अपने हाथों को कभी पैंट की जेब में
कभी झोले में छुपा क्यों रहे हैं इस तरह
आप ज़्यादातर सवालों पर चुप क्यों हैं इस तरह
क्या लोगों से छुपाने के लिए आपका भी है कोई अलग गोपनीयता क़ानून

आप इस ख़बर को उल्टा कर दीजिए
न कर सकें तो इन–इन जगहों पर प्रश्नवाचक चिह्न लगा दीजिए

तीसरे पैराग्राफ़ की ज़रूरत बिल्कुल भी नहीं है
सत्ता–पक्ष और विपक्ष दोनों को दीजिए बराबर का स्थान

लिखिए साफ़–साफ़ कि स्वास्थ्य मन्त्री जब चला रहे थे
स्वास्थ्य शिविर
तो कई साल पहले मारा गया एक बूढ़ा रोगी कह रहा था
पाँच साल नहीं, सौ साल तक चलेगी यह सरकार
रहेगी यही पार्टी शायद ईश्वर का यही है विधान

और हाँ,
मल्होत्रा और मुरारीलाल के फार्महाउसों में
इसी इफ़्ते आधी रात होनी हैं पार्टियाँ
ध्यान रहे...आधी रात...शून्यकाल
मुद्दा वही है...आज़ादी...

और सुनिए पण्डिज्जी!
आपने संचार मन्त्रालय से अभी तक नहीं निकलवायी
वह फ़ाइल
पता नहीं कब तक रहें ठाकुर साहब और कब तक चले
यह सरकार

हम सबके प्रधान नटवरलाल ने ख़रीदा है कई लाख का
प्लॉट तो इस शुभ अवसर पर
हम कबीर की औलाद भी
लगा ले खुदा के नाम पर एक–आध घूँट

फ़िक्र बिल्कुल मत करिए
पक्की है आपकी नौकरी और मिलेगा
आपको ही शीर्ष स्थान।

दो

यह भी अन्त नहीं है
यह आरम्भ भी नहीं है

यहाँ से कोई ट्रेन बनकर नहीं चलती
कोई टर्मिनल नहीं है यहाँ

सुनो भाई अकबर!
सुनो भाई बिसनू!
सुनो भाई साधो!

यहाँ सिर्फ़ एक तेज़ सीटी बजती रहती है लगातार
बीच–बीच में सुनाई देता है कोई धमाका
और बजती रहती हैं लोहे की घण्टियाँ
कुछ बत्तियाँ जलती–बुझती रहती हैं लाल और हरे रंग की
वर्षों से नियमित
किसी अदृश्य उद्देश्य के लिए लगातार

पैदल चलो भाई बिसनू!
पैदल चलो भाई अकबर!
पैदल चलो भाई साधो!

तीन

राजधानी से सबसे ज़्यादा रोशनी से जगमगाती सड़क पर
जब छा जायेगा आँखों के सामने अँधेरा अचानक
एक मारुति कार तेज़ी से स्टार्ट होकर गुज़र जायेगी

अपराध, संस्कृति, आक्रामकता, राजनीति,
प्रॉपर्टी, दलाली, साम्प्रदायिकता, पत्रकारिता, हिंसा
सबका एक साथ बजता हॉर्न
पूरी पृथ्वी पर गूँजता–सा लगेगा उस आख़िरी पल

एक ताक़तवर संस्कृति अधिकारी अपनी स्टेनो से टेलिफ़ोन
पर करता
प्रेमालाप
ज़िक्र करेगा हिन्दी के एक दम्भी–दरिद्र कवि के
बीच सड़क पर
अचानक मर जाने का

स्टेनो कहेगी, 'सर, मुझसे भी करना चाहा था
उसने एक बार प्यार लेकिन आपके कहने पर मैंने दीं उसे
नींद की गोलियाँ
अब किसका है इन्तज़ार...'
पृथ्वीराज रोड के दोनों तरफ़ खड़े पेड़ों के पत्ते
गिरना शुरू करेंगे
कोई नहीं सोचेगा क्यों ऐसा हो रहा है
कि नहीं है यह हेमन्त और पत्ते गिर रहे हैं इस तरह लगातार

कोई नहीं सोचेगा
कि सर्वोच्च न्यायालय से निकलता हुआ न्यायाधीश
काले कपड़े में बार–बार
क्यों छुपा रहा है अपना चेहरा
कालिख क्यों जमा होती जा रही है
संसद की दीवारों पर

कई दिन बाद सिर्फ़ एक अकेली और उदास लड़की

रवीन्द्र भवन के लॉन में खड़ी
पुश्किन की मूर्ति की आँखों को देखकर चौंक पड़ेगी आश्चर्य
से अचानक
और पोंछना चाहेगी पसीने में भीगे अपने रुमाल से
उसके आँसू

फिर वह कहेगी–'धत्'
और उसे भी हँसी आ जायेगी

किसका शव

यह किसका शव था यह कौन मरा
वह कौन था जो ले जाया गया है निगम बोध घाट की ओर

कौन थे वे पुरुष, अधेड़
किन बच्चों के पिता जो दिखते थे कुछ थके कुछ उदास
वह औरत कौन थी जो रोये चली जाती थी
मृतक का कौन–सा मूल गुण उसके भीतर फाँस–सा
गड़ता था बार–बार
क्या मृतक से उसे वास्तव में था प्यार

स्वाभाविक ही रही होगी, मेरा अनुमान है, उस स्वाभाविक
मनुष्य की मृत्यु
एक प्राकृतिक जीवन जीते हुए उसने खींचे होंगे अपने दिन
चलायी होगी गृहस्थी कुछ पुण्य किया होगा
उसने कई बार सोचा होगा अपने छुटकारे के बारे में
दायित्व उसके पंखों को बाँधते रहे होंगे

उसने राजनीति के बारे में भी कभी सोचा होगा ज़रूर
फिर किसी को भी वोट दे आया होगा
उसे गम्भीरता और सार्थकता से रहा होगा विराग

सात्विक था उसका जीवन और वैसा ही सादा उसका सिद्धान्त
उसकी हँसी में से आती होगी हल्दी और हींग की गन्ध
हालाँकि हिंसा भी रही होगी उसके भीतर पर्याप्त प्राकृतिक मानवीय मात्रा में

वह धुन का पक्का था
उसने नहीं कुचली किसी की उँगली
और पट्टियाँ रखता था अपने वास्ते

एक दिन ऊबकर उसने तय किया आख़िरकार
और इस तरह छोड़ दी राजधानी
मरने के पहले उसने कहा था...परिश्रम, नैतिकता, न्याय...

एक रफ़्तार है और तटस्थता है दिल्ली में
पहले की ही तरह, निगम बोध के बावजूद
हवा चलती है यहाँ तेज़ पछुआ

ख़ासियत है दिल्ली की
कि यहाँ कपड़ों के भी सूखने से पहले
सूख जाते हैं आँसू।

कौए, और लेखक का दिल्ली में देहान्त

उन्हें पंजाबी बाग ले जाया गया है, आप सीधे वहीं पहुँचे
मुझे फ़ोन पर बताया गया
रिंग रोड वाली कोई भी बस ले लें, राजा गार्डन के बाद
वाले स्टॉप पर उतर जायें
वहीं सब इकट्ठा हो रहे हैं
आकाशवाणी में कपूर साहब को बोल दिया था उन्होंने
आश्वासन दिया है
दोपहर की न्यूज़ में आ जायेगा त्रिपाठी जी कोशिश कर
रहे हैं कल हिन्दी के
अख़बारों में भी आ जायेगा
आप भी दस्तख़त कर दें शोक संवेदना प्रस्ताव पर
अकादमी तो कुछ करेगी नहीं आप जानते ही हैं चौधरी
साहब उन्हें सख़्त
नापसन्द करते थे

राजा गार्डेन के बाद वाले स्टॉप पर दुकानें, ठेले और
रेहड़ियाँ ही दिखीं
बसें और कारें आ जा रही थीं
फल बहुत बिक रहे थे हालाँकि धूल उन पर बहुत थी

मैं कहाँ जाऊँ यहाँ तो कोई एकत्र नहीं है

जो एक साथ दिख भी रहे हैं वे अजनबी हैं एक–दूसरे से
और सब अलग–अलग जगहों को जायेंगे
उनमें कोई शोक भी नहीं दिख रहा किसी निधन का
निगम बोध होता तो आसानी से पहुँचा जा सकता था
पता नहीं किसने सुझाव दिया उन्हें पंजाबी बाग ले जाने का
हो सकता है सुविधाजनक रहा हो पंजाबी बाग
उनके किराये के मकान से नज़दीक पड़ा होगा

कहा जाता है निगम बोध में बहुत मारा–मारी है
भ्रष्टाचार तो है ही
लकड़ी कम तौलते हैं, वज़न बढ़ाने के लिए गीली कर देते हैं

कौन कितना जला इससे उन्हें क्या? किसकी अस्थियाँ
किसके साथ मिल जायें कौन जाने?
शवों के साथ लाये गये नारियल तक बेचते हैं हर लाल–बत्ती
पर
ठीक है कि पंजाबी बाग में यमुना नहीं है, लेकिन दिल्ली
में अब यमुना भी
कहाँ संस्कार के लायक़ रह गयी है
गनीमत है यहाँ कि कम–से–कम कुछ पेड़ तो हैं और कौवे
भी दिखायी देते हैं
कहीं–कहीं बोलते हुए

बहुत देर बाद एक थके और पस्तहाल सज्जन जैसे कोई
दिखे
रास्ता पूछ रहे थे, परिचय हुआ
राजा गार्डन से पंजाबी बाग तक का साथ दिल्ली में बहुत
बड़ा साथ है

जैसे एक पूरी उम्र गुज़रती है किसी के साथ
लगा उनको इतना जानने लगा हूँ जितना उनको भी नहीं जानता
जिनका आज सुबह हुआ है निधन
हमने बहुत बातें की उस दिन, दमे के बारे में, अपनी सन्तानों, प्रदूषण महँगाई,
अपराध और दिक़्क़तों के बारे में
और कौवों के भी बारे में जो अब ख़त्म होते जा रहे हैं लगातार
मद्रास में अभी भी काफ़ी हैं उन्होंने बताया
पिछले साल मैं गया था, सच पूछिए तो मैं वहाँ
समुद्र नहीं, कौवों को ही देखता रहा

मैंने भी निश्चय किया है कि अगर संयोग रहा और भाग्य ने साथ दिया
तो मैं भी मद्रास जाऊँगा
लेकिन आप तो जानते ही हैं कि हिन्दी का स्वतन्त्र लेखक
अपने वास्तविक पारिश्रमिक के दम पर मद्रास तो क्या
दिल्ली से आगरा भी नहीं जा सकता

लेकिन मैंने निश्चय किया है कि में कौवों के लिए अकादमी और संस्कृति सचिव और
मानव संसाधन मन्त्रालय के सामने गिड़गिड़ाऊँगा
और साहित्य के नम्बर दो के रास्ते से इस साल मद्रास जाऊँगा

जहाँ इतना सारा पतन हो रहा है
वहाँ एक स्वतन्त्र लेखक का कौवों के लिए
यह पतन क्या आप क्षमा नहीं करेंगे?

दिसम्बर

अयूब भागो
अम्माँ भागो

इस नदी से डरो नहीं
आँसू की है, सिर्फ़ घुटने तक चढ़ेगी
हद से हद घाव हुआ
तो नमक जलेगा बस

अम्माँ
अयूब चल क्यों नहीं रहा?
पापा सोते क्यों जा रहे?

अम्माँ आप लोग कहाँ हो
और सारे सब लोग कहाँ हैं?

वो नदी भी कहाँ गयी?

मुझे कुछ, अम्माँ,
दिखता क्यों नहीं?

तीली

सबसे सरल है
सबसे मुश्किल और महान् चीज़ों को नष्ट करना

सिर्फ़ एक तीली
इतिहास की सबसे प्राचीन और दुर्लभ
पाण्डुलिपि को राख बना देने के लिए

एक तीली
अब तक पढ़ी न जा सकी, लुप्त सभ्यताओं की
अज्ञात लिपियों को राख
किसी मिथक–नायक के शौर्य और शोक को राख
किसी समाज के स्मृति–कोष, किसी समुदाय के प्राक्‌बिम्बों
को राख
किसी समूह की अस्मिता
किसी ग़रीब का घर
किसी स्त्री की जवान देह को राख

किसी आस्था के ईश्वर
किसी धर्म के पैगम्बर को राख

सिर्फ़ एक तीली चाहिए

किसी चिम्पाजी, किसी गुंडे या गुरिल्ला की
एक ज़रा–सी हरकत

एक रुपये का चाकू, बीस पैसे की ब्लेड,
दो पैसे की तीली
या किसी अपराधी का मामूली–सा पराक्रम
ज़रूरत से कुछ ज़्यादा ही है
मोनालिसा की रहस्यपूर्ण उस हँसी की हत्या के लिए

डेढ़ किलो का मटिया लोहे का एक घन
स्थापत्य के इतिहास में संगमरमर के
सबसे ज़हीन और सबसे अद्भुत गुम्बद को मलबे में बदलने
के लिए

एक अँधेरा कोना
एक ज़रा–सी फुर्ती

डेढ़ औंस का ढला हुआ सीसा
किसी कवि, किसी संन्यासी, किसी सूफ़ी, किसी मुँहफट
जोकर,
किसी विरोधी को
राजधानी की सड़क पर सदा के लिए
चुप और ठण्डा करने के लिए

सबसे संक्षिप्त और सबसे सरल है
सबसे लम्बी और जटिल प्रक्रिया में बनी
चीज़ों को ख़त्म करना।

वसन्त की धूप में महिला, मूँगफली और कुछ लोग

धूप मूँगफलियों और हमारे सिरों पर एक जैसी गिर रही थी।

धूप में ताप तो होता है लेकिन
वज़न नहीं होता, पता नहीं क्यों?
वह महिला अपनी भाषा को धूप में सुखा रही थी
और मूँगफलियाँ खा रही थी
उसने कई शब्द भी खा डाले थे इस बीच

इर्द–गिर्द बैठे लोग हँसते जाते थे बीच–बीच में
और उनके छिलके उतरकर
इकट्ठा हो रहे थे घास के ऊपर

अपनी मूर्खता के कारण बेकाबू सुन्दर लगती
वह महिला जब कि घाघ थी बहुत
अपनी बातों में बहे जाते उन सबको
छिलकों के बिना झाँक कर वह खुश थी भीतर–भीतर
हालाँकि वह मूँगफलियों और उन्हें
समान भाव और समान लालच से देख रही थी

हममें से एक था जो पिछले कुछ हफ़्तों से स्वयं को काजू

सिद्ध करने में गम्भीरता से लगा था
उसका भी छिलका उतरा आख़िरकार और उसे अचानक
धूप लगी
उसने टिप्पणी की–'जाड़ा, लगता है, गुज़र गया'
वह उठा तो उसकी पैंट में हज़ारों मूँगफलियों के छिलके
चिपके
हुए थे और वह उन्हें झाड़ना चाहता था

महिला ने देखा इस असफल काजू को और कहा–
'इतनी बड़ी और असामान्य मूँगफली–ओह!'

दोपहर का एक बज चुका था
धूप तेज़ हो चुकी थी और
वहाँ पर सिर्फ़ मूँगफलियों के छिलके पड़े हुए थे
और एक महिला बैठी थी अकेली
मूँगफली का आख़िरी दाना चबाते हुए।
अपने बीमार पति और अमीर प्रेमी के बीच
उसने अचानक जाना कि वह भी है एक मूँगफली ही अन्ततः

देखो,
देखो, वसन्त की धूप में
मूँगफली के छिलकों के बीच रोती हुई
एक अकेली असफल महिला
कितनी दारुण होती है।

वर्तमान को धन्यवाद

यह किसी अन्याय का विरोध है
या वसन्तोत्सव
जाजिम बिछी है, मंच बना है, द्वार पर सन्तरी हैं
सफ़ेद देवता बैठे ग़मगीन हैं या मुस्कुराते हैं
क्या ये कभी किसी तरह का कोई ख़तरा उठाते हैं

पिछले कई सालों में कई हादसे, कई हत्याएँ हुईं,
हो रही हैं और वे लगातार जीवित हैं और स्वस्थ हैं और
सम्पन्न हैं

वस्तुतः यह राजधानी की शाम है

वे सब किसी भय को पास बुलाते हुए उसे बड़ा बनाते हैं
और उसकी व्याख्या से श्रोताओं का मन बहलाते हैं
ऑडिटोरियम में एक–दूसरे से सटी कुर्सियों पर
एक–दूसरे से सटे अजनबी और प्रमाणित शत्रु बैठे हैं
और मंच पर भी ज़ो देवता हैं सफ़ेद हैं बूढ़े हैं
वे भी परस्पर प्रामाणिक शत्रु हैं

फ़िलहाल सब एक हैं
अपने से और एक–दूसरे से बड़ा कोई और भय, कोई और

ख़तरा
उनके सामने मौज़ूद है

सबसे पहले वे उस ख़तरे को मारेंगे
फिर एक–दूसरे को

अतीत में ऐसा ही हुआ है
भविष्य में भी ऐसा ही होगा

ईश्वर! वर्तमान को धन्यवाद
जिसने ऐसा भय दिया
कि इतने सारे शत्रुओं को
फ़िलहाल एक किया।

ईलू–ईलू

हज़ारों साल पहले के कुछ मरे हुए आदमी
जिनके बारे में यह भी सन्देह है
कि वे कभी पैदा भी हुए थे
एक दिन अचानक वही तय करने लगेंगे
कि कैसी रखनी चाहिए पुरुषों को अपनी मूँछें
भले नागरिकों को नहीं खानी चाहिए
कौन–कौन–सी सब्ज़ियाँ

स्त्रियों को साड़ी कहाँ से बाँधनी चाहिए,
अपनी देह और पति की दौलत पर
कितना होना चाहिए उनका हक़

सैंकड़ों साल पहले का कोई मरा हुआ आदमी
एक दिन बोट क्लब पर जनसभा में देगा भाषण
कि लोकतन्त्र में ठीक–ठीक–कौन–सी ख़ामियाँ हैं
लोगों को ख़रीदने चाहिए
किन–किन कंपनियों के शेयर
अख़बारों को मिलनी चाहिए कितनी स्वतन्त्रता

मरे हुए आदमी का चेहरा दिखेगा
हर भद्र ड्राइंग–रूम में,

पार्कों में कट–आउट, चौराहों पर मूर्तियाँ
औरतें पहनेंगी उसी के लॉकेट
खिलौने बिकेंगे बाज़ार में
जिनमें चाभी देने पर सुनाई देंगी
मरे हुए आदमी की दन्त्यकथाएँ
विद्वान् गायेगा मरे हुए आदमी का गान
सन्त करेगा कीर्तन, भिखारी भीख माँगेगा
उसी के नाम पर

पसीने में भीगते, एक–दूसरे के लिए विकल
और काँपते दो उत्तप्त शरीरों की सन्ध में से
झाँकेगा अचानक मरे हुए आदमी का चेहरा
यह बताता हुआ कि कौन–कौन–सी जड़ी–बूटी और
कौन–सा आसन उपयुक्त है
इस पवित्र मानव सम्बन्ध के लिए
कि किन–किन तिथियों में नियमानुसार स्त्री को
कितना–कितना जलाया जाना उचित है

मरे हुए आदमी की अगुआयी में होंगे
प्रदर्शन
मरे हुए आदमी की आँखों में से देखा जायेगा
भविष्य
चुनावों में लगातार जीतेंगे मरे हुए आदमी

एक दिन यह भी होगा
वही समझा जायेगा जीवित
जिसने पहन रखे होंगे मरे हुए आदमी के कपड़े
मरे हुए आदमी का चेहरा लगाये नौजवानों से ही

लड़कियाँ कहेंगी...ईलू–ईलू
सम्मानित होंगे वही कवि
जिनकी कविता में होंगे
मरे हुए आदमी के सबसे सुन्दर बिंब!

महाभारत के बाद

धोबी का लड़का कुछ शैतान है
और सभ्यता की उसमें निहायत कमी है
वह महाभारत देखना चाहता है टीवी में और अपने साथ
अपनी मैली–सी बहन को भी ले आता है

एक दिन ऐसा होगा कि यह सीरियल ख़त्म हो चुका होगा

फिर तो धृतराष्ट्र
पूरी दिल्ली में पूछता फिरेगा किसी धोबी का पता
और उनके कान से टकराएंगी लगातार हॉर्न की आवाज़े

महाभारत के ख़त्म होने के बाद कालचक्र कहता है कि
सिर्फ़ हॉर्न बजते हैं
और खोजने पर भी इन्द्रप्रस्थ में कहीं कोई धोबी नहीं मिलता।

महाभारत के बाद
हर किसी के कपड़ों पर दिखायी देते हैं ख़ून के दाग़।

प्रधानमन्त्री रमेश जी के बारे में एक कविता

रमेश जी का जब निधन हुआ
तो वे पटना में थे
अख़बारों में नहीं छपा उनके स्वर्गवास का समाचार

वे अपनी दाढ़ का इलाज कराने
कूचा बल्लीमारान के हक़ीम हाफ़िज मियाँ के
पास गये थे

कूचा बल्लीमारान तो पुरानी दिल्ली में है
और हक़ीम हाफ़िज मियाँ और दवाख़ाना
लखनऊ के कंपनी बाग के पीछे की सड़क पर

कंपनी बाग तो इलाहाबाद में है
जहाँ मारे गये थे
चन्द्रशेखर आज़ाद

और हक़ीम हाफ़िज का उल्लेख
बाबरनामा में मिलता है
वे काबुल में बस गये थे
जब पहली बार बाबर हारकर लौटा था

अच्छा हो, हम स्थानों और तथ्यों के
इस जंजाल में अपना सिर न खपायें
क्योंकि हर मूल सत्य अपने मूल उद्गम में
होता है स्थानहीन और तथ्यहीन

तो मूल सत्य यह है कि
रमेश जी का जब स्वर्गवास हुआ
तब तक वे नहीं बन सके थे प्रधानमन्त्री
और लाल किले पर भाषण दे पाने का
मौक़ा उन्हें नहीं मिल पाया था
जब रमेश जी का देहान्त हुआ
उस दिन बारिश नहीं हो रही थी
धूप नहीं थी
बादल भी नहीं छाये थे
उस दिन कोई दिन ही नहीं था

बल्कि असल में मूल सत्य यह है
कि उस रमेश जी की दाढ़ में
दर्द था

और अगर वह दिन था तो वे
लगभग दोपहर में चीख़े थे दर्द के मारे
उनकी नौकरी छूट गयी थी
दाढ़ के दर्द के मारे
पत्नी ने उन्हें तज दिया था
और वे शहर से निकाल दिये गये थे
दाढ़ के दर्द के कारण

मूल सत्य था दाढ़ का दर्द

जिसने रमेश जी का
रमेश जी से सब कुछ छीन लिया था

फिर वे किसी तरह चलते–चलाते
हक़ीम हाफ़िज मियाँ के पास
पटना में कूचा बल्लीमारान पहुँचे थे

पटना नहीं, पुरानी दिल्ली
नहीं लखनऊ, कंपनी बाग के पीछे,
नहीं इलाहाबाद, जहाँ मारे गये थे चन्द्रशेखर आज़ाद
या कहीं और
या कहीं भी नहीं

लेकिन मूल सत्य तो दाढ़ का दर्द है

दाढ़ का दर्द रमेश जी को अपने परिवार से
विरासत में मिला था
लेकिन विरासत में नहीं मिला था उन्हें
प्रधानमन्त्री का पद
इसीलिए जब उनका निधन हुआ था
तब दाढ़ का दर्द इतना ज़बरदस्त था
कि वे पन्द्रह अगस्त को
लाल किले पर भाषण नहीं कर पाये थे

मेरा तो निष्कर्ष है यह
कि अगर उस दिन
उस अमुक स्थान पर
रमेश जी का आकस्मिक स्वर्गवास न होता
तब भी वे प्रधानमन्त्री न बनते

क्योंकि ऐसा आदमी कैसे हो सकता है प्रधानमन्त्री
जो खाता हो आलू, पहनता हो पाजामा
और जिसकी विरासत हो दाढ़ का दर्द

हिन्दी के प्रसिद्ध आधुनिक कवि
रघुवीर सहाय ने इमरजेंसी के ख़िलाफ़
अपनी कविता में रमेश जी का ज़िक्र किया है:

'एक दिन ऐसा आयेगा
रमेश
जब ख़तरा होगा
ख़तरे की घण्टी होगी
और बादशाह
उस घण्टी को बजायेगा रमेश'—

रमेश जी भी चाहते तो, और उनमें
लगन होती तो वे
कविता लिखका रघुवीर सहाय हो सकते थे
अभिनेता भी बन सकते थे
उनमें अभिनय की ग़ज़ब की प्रतिभा थी
जिसका परिचय उन्होंने
दाढ़ के दर्द के मामले में दिया था
जो कि उन्हें कभी था ही नहीं वास्तव में

वे अच्छे पार्श्वगायक के गुण भी
सहजता से अपना सकते थे

लेकिन मूल सत्य तो यह है
कि रमेश जी को वास्तव में

दाढ़ का दर्द था
और इसी के कारण
तब तक उनका जन्म नहीं हो सका था
जब हुआ उनका
आकस्मिक देहान्त

और दाढ़ के दर्द के कारण ही
अख़बारों में नहीं छप पाया उनके निधन का
समाचार

सत्य तो यह है
कि अगर रमेश जी की दाढ़ न होती
तो यह दर्द भी न होता

तो वे एक दिन अवश्य जन्म लेते
तो वे एक दिन प्रधानमन्त्री अवश्य बनते
टी.वी. पर भी दिखते

फिर होते–होते
एक दिन उनका बहुप्रतीक्षित
निधन भी होता
फिर स्कूलों में और दफ़्तरों में
छुट्टी हो जाती

तो, रमेश जी,
कितना मज़ा आता?

डायनासोर कभी नहीं हुआ

क्या अब हमें सचमुच कभी स्वप्न नहीं देखना चाहिए
क्या स्वप्नों के टूटने पर या उन्हें तोड़ दिये जाने पर
हमें भी किसी अवसरवादी की तरह स्वप्नों के विरुद्ध
तर्क देने लग जाना चाहिए

क्या उन्हें लगातार अपमानित किया जाना चाहिए
जिन्होंने कभी स्वप्न देखे
जो अब भी अपने लिए और समूची दुनिया के लिए
कोई स्वप्न देखना चाहते हैं

अपने स्वप्नों को बचाये रखने के लिए हमें क्या
करना चाहिए
क्या हथियार जुटाने चाहिए या प्रार्थनाएँ करनी चाहिए
या किसी मिथक के अन्धकार में छुपकर
सोना चाहिए

क्या यह सच है कि हमारे स्वप्नों के सारे पात्र
हमारे ख़िलाफ़ हैं
वे भविष्य में किसी भी ऐसे स्वप्न के देखे जाने के
ख़िलाफ़ हैं

क्या ये स्वप्न हमने सचमुच उनके लिए ही देखे थे
या कहीं हमने अपने लिए तो नहीं रचे थे वे वंचित पात्र

क्या हमारे स्वप्नों के पात्र सचमुच चाहते हैं
हमारे स्वप्नों की मृत्यु
इस शताब्दी के अन्त में, कई शताब्दियों पुराने
महास्वप्न का पटाक्षेप
वे हमारे स्वप्नों के चरित–नायक हमने जिनके लिए
गीत लिखे, जिनकी वंचना और पीड़ा की
कथाएँ रचीं हमने,
जिनके रक्तपात में डूबा था इतिहास
क्या सब भ्रम था

कहीं नहीं हुआ था अन्याय, पाप नहीं था कहीं,
कहीं पर नहीं सुना गया था कभी कोई आर्तनाद
न कहीं वंचना थी, न छल
न दमन न क्रोध न करुणा न आँसू
कोई नहीं था स्पार्टकस
ईसा, मंडेला, मोलाइसे, मंसूर, मोहम्मद
नेरुदा, वियतनाम, हिरोशिया...
सब फ़क़त पिछली रात के दुःस्वप्न भर थे
कोई जाति कभी विलुप्त नहीं हुई पृथ्वी से
कभी नहीं हुआ था डायनासोर

और हम आख़िर खुद इस स्वप्न को त्याग
क्यों नहीं देते
क्यों नहीं ठीक–ठाक करते अपना जीवन
क्यों नहीं हम भी हाथ–मुँह धोकर, कुल्ला करके
स्वप्नों के बाहर की दौड़ में शामिल नहीं हो जाते?

हत्यारे ने सीटी बजायी

वह छुरा था, किरपाण था, या कटार थी
लेकिन जब उसे काटा जा रहा था
तो उसके गले में से
सीटी निकली टिन की

जो मारा गया था रात में, सड़क पर था
वह अपने घर लौट रहा था या घर से भाग रहा था
उसकी क़मीज़ की जेब में चिट्ठी नहीं थी कोई
पता नहीं था,
उसके झोले में सिर्फ़ पाजामा था अकेला उसका

गले में से निकली सीटी में
ख़ून लगा था पाजामे वाले आदमी का
जो घर लौट रहा था या घर से भाग रहा था

ऐसी सीटियाँ मेलों में बिकती हैं
जिन्हें हर कोई बचपन में एक–न–एक ज़रूर ख़रीदता है

वे जो हत्यारे थे, उनमें से एक,
जिसके बाल कनपटी से पक रहे थे
पलट रहा था सीटी को
उसकी जेब में भी कोई चिट्ठी नहीं थी

सीटी तो ख़ून से सनी थी
और हत्यारों ने कहा भी
फिर भी उसने बजाया उसे

सीटी बज रही थी और निकल रही थी
उसमें से किसी छोटे से बच्चे के रोने की आवाज़

उसमें दर्द था कि क्या था कुछ अजब तरह का
कि रोने लगी पूरी पृथ्वी
चिड़ियाँ भी रोयीं और मछलियाँ तक
जिनके आँसू कोई नहीं देख पाता
बादल भी रोये और पेड़ भी
सारा जगत रोया,

और सारी किताबें रोने लगीं
वे हत्यारे भी रो रहे थे आख़िरकार
और जो सीटी बजा रहा था
वह भी रोता जा रहा था

उसे याद आ गयी थी अपने बचपन
में खोयी हुई सीटी।

पंजाब : कुछ कविताएँ

एक

कितनी नदियाँ हैं अब
पंजाब में?
कितना और कितनी बार बँटवारा
हो चुका है पंजाब का?

कितने मन्दिर और कितने गुरुद्वारे हैं
पंजाब में?

कुल मिलाकर कितने यूनियन कार्बाइड हैं
पंजाब में?
बताओ प्रार्थना करते लोगों के फेफड़ों में
कितना मिथाइल आइसोसायनेट है?

बताओ
पंजाब में
कितने भोपाल हैं?

ये सारे प्रश्न
अब अनिवार्य हैं।

दो

आओ,
इस देश के शान्त से लगते
और ख़बरों के बाहर पड़े किसी इलाक़े को
एक और पंजाब बनायें
और देखें
कि आख़िर कैसे बनाया जाता है पंजाब।

तीन

पंजाब से फिर आयी है ख़बर

कौन है आख़िर जो सुनना चाहता है
पंजाब की ख़बर
जो हर रोज़ सुनाना चाहता है
पंजाब की ख़बर

रोको उसे,
जो हर सुबह जब बच्चे दूध पीते हैं
जब हम रात के़ स्वप्नों में फिर एक बार
लौटना चाहते हैं
तो हर रोज़ किसी काने खलनायक की तरह
पंजाब की बात चलाता है

क्या हमें भूलने नहीं दिया जायेगा
कभी पंजाब
कब होगा वह दिन
जब हम होंगे बिना पंजाब के

बच्चों को गुदगुदी मचाकर हँसाते

चार

पंजाब है
लेकिन हवा चल रही है
लड़की स्कूल से लौट आयी है
बस्ता समेत
ट्रांजिस्टर में अभी भी लता मंगेशकर
गाती है

पंजाब में
गेहूँ अभी भी पैदा हो रहा है
रेलगाड़ियों से उतर रही हैं दुल्हनें
बसें भीड़–भाड़ से भरी चल रही हैं

मैं लिखता हूँ कविताएँ
फूल अभी भी
पौधों में आते हैं

पंजाब है तो पंजाब को होने दो
पंजाब के बावजूद
अभी बहुत–सी चीज़ें हैं
हमारे आस–पास।

भीमसेन जोशी प्रसंग : 1984

उस अमर नींद के काले माथे पर रखो
बहुत सँभालकर
अपने संगीत के नये मुलायम, उजले पंख
जिस नींद के सपनों में है
मिथाइल आइसोसायनेट के नशे का
गहरा नीला अँधेरा

उस नींद तक नहीं पहुँचता कोई भी संगीत
वहाँ उड़ते हैं सिर्फ़ हवा के हलके रजत घोड़ों के सफ़ेद
अयाल

भीमसेन जोशी
गाओ हम जीवित लोगों के लिए

हमारे शरीर में भी हैं
तीसरी दुनिया के वे थके हुए पसीने से सराबोर
बीमार फेफड़े,
जिनके भीतर खुल गयी हैं
पता नहीं कितनी ज़हरीली पाइप लाइनें

भोपाल के उन पाँच हज़ार लोगों के

फेफड़ों में भी थीं साँसें
जो बन सकती थीं किसी भी सुन्दर संगीत का आलाप
या बाँसुरी में राग बागश्री

गाओ, अपनी नींद से मिट्टी होकर
सोते ही हर गये बच्चों के लिए
कोई उप–शास्त्रीय लोरी
जो नहीं देख पायेंगे इक्कीसवीं शताब्दी में जाते
इस देश को
जो नहीं देख पायेंगे दूरदर्शन का रंगीन होना,
1992 का ओलिंपिक,
जिन्हें कोई बारबा पापा या लूसी हँसा नहीं पायेगी

धन्यवाद मिस्टर फोर्ड,
कि आपने खोल दिया है हमारे लिए
एक कविता पुस्तकालय
और बजवाते हैं सितार

भीमसेन जोशी,
तुम्हारे कण्ठ का संगीत है फ़क़त हमारा समय
तुम्हारा संगीत समय की सबसे सुन्दर कविता है

गाओ,
पन्द्रह हज़ार विकलांग और अन्धे और बीमार लोगों की
जीने की करुण और दरिद्र इच्छा के स्वागत में
गाओ,
गर्भ में ही मृत शिशुओं के मार डाले गये भविष्य के शोक में
गाओ,

ज़हरीले कारख़ानों, परमाणु अस्त्रों और नक्षत्र युद्धों
के ख़िलाफ़

गाओ,
कि होना चाहिए अन्तरिक्ष में
और पर्यावरण में
सिर्फ़ ऑक्सीजन और संगीत

गाओ,
एक बार फिर कई हज़ार साल बाद
वाल्मीकि की तरह
कि फिर हुआ है वध
कि फिर किया गया है आखेट

भीमसेन जोशी, गाओ,
कि आज भी कविता और संगीत की
सबसे ज़रूरी धातु है
करुणा और क्रोध।

व्यवस्था

सड़क के किनारे
इन्हीं फटे काले कम्बलों में दुबका
कहीं–न–कहीं है इल्तुतमिश

यह लावारिस गठरी नहीं
इसके भीतर
ठण्ड से ठिठुर इल्तुतमिश के होने की
पूरी सम्भावना है

इल्तुतमिश को यदि पहचान लो
तो उससे पूछो–
'हलो सर कैसे हो आप यहाँ?
किस गठरी के भीतर तपेदिक में है बाणभट्ट
नागार्जुन काग़ज़ जलाकर
किस पुल के नीचे आग तापता बैठा है?

कैसी है आजकल दिल्ली
हिन्दुस्तान कैसा है?'

इल्तुतमिश अलबत्ता समझेगा नहीं
वह अपनी ठिठुरती हथेली और

भूखा जबड़ा फैलाकर
आपसे अठन्नी माँगने लगेगा
और अगर समझा
तो रो देगा।

द्वारपाल

तुम यहाँ कहाँ बैठे हो द्वारपाल?

यह तो निर्जन मैदान है और चौखट–दरवाज़ा नहीं है कहीं भी

तुम्हें सीमेंट से नहीं बनाया गया है द्वारपाल
तुम जागे हुए या सोये हुए हो द्वारपाल
भूख तुम्हें लगी होगी द्वारपाल
क्या बीड़ी पियोगी द्वारपाल

वे जो असुरक्षित हुआ करते थे ग़रीबों से
वर्षों पहले रात में
यह जगह छोड़कर
कहीं और चले गये हैं द्वारपाल

तुम अब
बिल्कुल सुरक्षित हो, द्वारपाल।

विद्वान् लोग

कम ही बोलते हैं विद्वान्
चुप ही देखा गया है उन्हें ज़्यादातर
हँसते उन्हें देख पाना एक कठिन–सी चीज़ है
और ज़ोर–ज़ोर से हँसते तो बिल्कुल भी नहीं

खाँसते या गिरते उन्हें देखा गया है ज़रूर
या कभी–कभार सार्वजनिक सुविधा में खड़े हुए भी
लेकिन ख़ुशी में किसी से लिपटने
और गुस्से में किसी को पीटने जैसा दृश्य
नहीं दिया उन्होंने कभी

बहुत चुने हुए लोगों से
बहुत चुने हुए विषयों पर
बहुत चुनिन्दा बातें करते हैं विद्वान् लोग

वैसे वे हँसते तो होंगे ज़रूर
कुछ दूसरे विद्वानों के सामने
कुछ विद्वान् बातों पर

विद्वान् लोगों की हँसी या छींक भी
विद्वान् होती है

और उसका कारण जानना
जो विद्वान् नहीं हैं
उनके बाहर की बात है

बहुत साधारण–सी बातों पर जब
सोचते हैं विद्वान् लोग
तो उनके सोचते ही
वे बातें जुगनुओं में बदल कर
मूढ़ता के इस घनान्धकार में
चमकने लगती हैं

विद्वान् आख़िर वे सोचने की वजह से ही हैं
सो सोचने का ढंग है उनका अपना
विद्वानों को संयोग से अगर
जो विद्वान नहीं हैं उनके बीच रहना पड़ जाये
तो उनका निधन हो जाये
और वे हिंसक भी हो सकते हैं
क्योंकि सनद रहे ऐसा किसी किताब में नहीं है
कि विद्वान् हत्याएँ नहीं कर सकते

विद्वानों को विद्वानों की दुनिया में ही
रहने देना चाहिए
इसी में विद्वान्
और
दुनिया
दोनों की ख़ैरियत है।

मसख़रों की पहचान में कुछ पंक्तियाँ

एक

मसख़रे
एक दूसरे के प्रति
बहुत गम्भीर होते हैं

दो

मसख़रे जो होते हैं
उन्हें लोग मसख़रा ही कहते हैं
लेकिन मसखरों के नाम भी होते हैं
और वे आपस में उन्हीं का इस्तेमाल करते हैं

तीन

मसख़रे ही कर सकते हैं
मसख़रों का सही मूल्यांकन

चार

मसख़रे

दूसरों के सामने कभी हँसते नहीं है
हँसना उनके पेशे की चीज़ है
जिसका उपयोग वे
किसी मक़सद से करते हैं

पाँच

सच्चे मसख़रे
कभी मान ही नहीं सकते
कि वे मसख़रे हैं

छह

मसख़रे भाषा का इस्तेमाल
किफ़ायत के साथ करते हैं
वे अपनी हिफ़ाज़त का सबसे पहले ध्यान रखते हैं

सात

अख़बार
पाठ्य–पुस्तकें
सरकार
यहाँ तक कि इतिहास में
मसख़रों का उल्लेख गम्भीरता से होता है।

आठ

मसख़रे जिसका विरोध करते हैं
उसके विरोध को फिर असम्भव बना देते हैं

इसीलिए मसख़रे हमेशा
अनिवार्य होते हैं

नौ

मसख़रे
अमूमन दम्भी और ताक़तवर होते हैं
उन्हें आटे का लोंदा
या माटी का माधो न समझना

दस

मसख़रे
'अन' पर समाप्त होने वाली
कई क्रियाओं के कर्त्ता होते हैं
उदाहरण के लिए
शासन, उद्घाटन, लेखन,
विमोचन, उत्पादन, प्रजनन, चिन्तन आदि...

ग्यारह

मसख़रे ही जानते हैं
अपनी कला की बारीक़ियाँ
और कोई नहीं जानता

बारह

ऐसा भी होता है एक दिन
जब हम देखते हैं

मसख़रों के हाथ में अमरूद की तरह अपनी दुनिया
मसख़रे
दिखाते हैं अमरूद का करतब
हमें हँसाने के लिए
और हम डरना शुरू करते हैं

तेरह

यह तो नहीं कहीं
कि हम एक विराट् मसख़रा साम्राज्य के
प्रजाजन हैं।

परदा

एक

परदे के बाहर कभी भी नहीं गिरेंगे
उस स्त्री के आँसू
उसके लिए इतने और ऐसे असह्य
दुःख लिखे हैं
किसी अत्याचारी पुरुष ने

एक स्त्री जीवन को एक स्त्री द्वारा

इस असली ढंग से
जीते हुए दिखाये जाने की अनुमति
दी है
किसी और अत्याचारी ने

नहीं होगा कोई काग़ज़ गीला,
किताबों में नहीं आयेगी नमी,
कपड़े सूखते रहेंगे और परदे पर
रोती रहेगी
वह औरत बदस्तूर

एक अभिनेत्री करेगी उस स्त्री के
जीवन का अभिनय जो अभिनेत्री नहीं है
और इसके लिए वह अपने चेहरे पर
लायेगी अपनी वास्तविकता वंचनाएँ, यह सोचते हुए कि
'मैं जो कर रही हूँ,
क्या वह अभिनय है?'
उस अभिनेत्री का संशय
नहीं दिखेगा परदे पर, वहाँ दिखायी
देगा
हर पल उसका अभिनय

परदे के दुःख से मत जुड़ो
इसकी काँपती—कौंधती रोशनी को
मत छूने दो अपना हृदय
फ़िज़ूल है परदे पर रोती एक
लाचार स्त्री के
आँसू पोंछना...

रोती रहेगी स्त्री परदे के भीतर
और परदे के बाहर इसी तरह शताब्दियों तक
जब तक उसे निर्देश होगा
जब तक मिलती रहेगी अनुमति।

दो

वह लुप्तप्राय जानवर
परदे के भीतर खोजेगा हरी घास
उसे अपने जीवन के लिए चाहिए
कुछ अजनबी कीड़े,

कुछ अजनबी वनस्पतियाँ
फिर परदे पर दिखायी देगा

लुप्त होता कोई जंगल
और पृष्ठभूमि से आता रहेगा
समय और दृश्य में विलीन होता
एक विलुप्त जाति का संगीत
स्तब्धता और शोक के उन क्षणों में
हम भूल जायेंगे मुँह में रखा
खाना,
धूल गिरने लगेगी कमरे की सारी चीज़ों पर

सूईयाँ ठहर जायेंगी कपड़ों को
सिलते

कोई भर्राई और डरी अवाज़ में
बोलेगा–
देखो–देखो उस किसी
अज्ञात देश के भारी और ठोस जानवर को
जो नहीं जा पायेगा कहीं,

उसकी पेशियाँ और आँखें कितनी
ज़िन्दा और
असली हैं...

अँधेरे में हम सबका शरीर
होगा उतना ही ठोस
भविष्य में
न जा पाने

की दहशत में
हमारी आँखें उतनी ही दर्दनाक
होंगी

फिर परदे पर आयेंगी
कुछ मचलती और फलती–फूलती स्त्रियाँ
कुछ ताक़तवर, तन्दुरुस्त और
रंगीन बच्चे
विचित्र–विचित्र चीज़ों को लगातार खाते
और पहनते–पहनते वे सब कूदेंगे
कारों और गुब्बारों के इर्द–गिर्द

फिर एक विराट स्त्री
विटामिन के साबुन से नहायेगी
सबकी आँखों के सामने साक्षात्
और हँसती रहेगी पानी के नीचे...

रात में छूट गया हारमोनियम

मैं हारमोनियम रात के भीतर बजा रहा था
गाना जो था वह अँधेरे में इतनी दूर तक जाता था
कि मैं देख नहीं पाता था

फिर एक पतली–सी दरार मुझे दिखी
मैं उसमें घुस गया
और अँधेरे की दो परतों के बीच नींद में डूबे पानी जैसा
दूर तक दौड़ने लगा

वहाँ बीस साल से एक लड़की थी जो बिना कभी दिखे
सोती जा रही थी
वह जागी तो नहीं लेकिन नींद में ही हँसी

अँधेरे में गाना था और पानी जैसा जो बह रहा था
वह मैं था

फिर तो मैं भी हँसने लगा रात में ही
अँधेरे में छुपा हुआ

एक मोटा अधेड़ उम्र का आदमी
साईं बाबा की फ़ोटो के नीचे पिस्ता खा रहा था

उसने बन्दूक़ से मुझे डराया
यों आँखें फाड़कर और मुँह को यूँ...यूँ करके

वह तो बाप निकला लड़की का, जो गुस्से में था
और सो भी नहीं रहा था बीस साल से
लड़की के सपनों की पहरेदारी में
मैं क्या करता? धप्प् से कूदकर बाहर निकल आया
और उजाले में डरावने आदमी से नमस्ते करने लगा

लेकिन मेरा हारमोनियम तो
रात में ही रह गया था, बहुत पीछे
और वह बज रहा था
और लड़की हँसे क्यों जा रही थी
यह कहना मुश्किल था।

कप

बहुत दिनों पहले के
किसी पुराने पत्थर पर
वही क़मीज़ पहने बैठा हुआ मिलूँगा मैं

कितनी किताबें आ चुकीं, राज्याध्यक्ष बदले
कितनी ख़बरें पुरानी हुईं, कितने अख़बार
गानों में न पहले की धुन रही, न पहले वाली बात
जो दोपहर भर बैठे रहते थे चाय की दुकानों पर ख़ाली
बैंच पर
वे रहने लगे मकानों में, कहाँ के कहाँ जा पहुँचे

'उसी पुराने गुस्से, पुराने विचार
उसी पुरानी ज़िद पर अड़ा
यह बूढ़ा होता गंजा आदमी कभी बड़ा
खुशमिज़ाज हुआ करता था'
करुणा में कहोगे तुम
संसार में पहली बार उतरी किसी
स्त्री का हाथ पकड़ते हुए

मैं रखा रहूँगा ढेले की तरह
उसी पत्थर पर

तुम्हें गर्व होगा
कि तुम्हारी स्मृति में अभी तक
मौजूद हैं बहुत–सी पिछली
छोटी–मोटी मामूली चीज़ें

मैं जेब के सिक्के टटोल कर
पीता रहूँगा चाय
फिर रख दूँगा ख़ाली कप
दूब की हरियाली के ऊपर और
चला जाऊँगा वापस

वह कप
शताब्दियों तक रखा रहेगा
पृथ्वी के ऊपर
तुम्हारे गुज़र जाने के शताब्दियों बाद भी।

पूरा होने वाला वाक्य

हमारे वाक्य पूरे होंगे
कभी भविष्य में

एक दिन
जब हमारे बिना वस्तुएँ होंगी
प्रकृति और धूप होगी

समूची निर्जन पृथ्वी में
ये वाक्य होंगे चमकते हुए
और गूँजते हुए

वे पूरे होंगे भविष्य में कभी

और उनके अन्त में
असंख्य वृक्ष हिलेंगे
असंख्य पूर्णविरामों की तरह।

हत्या

उसने ख़ुद छलाँग लगाई थी दसवीं मंज़िल से
और यहाँ चला आया था, संसार में, रहने।

मत जाओ, पत्नी ने मना किया था, चोट लग जायेगी
अस्पताल के लिए रुपये भी कहाँ हैं
तुम्हारे वश में नहीं है यह सब

महान् अभिनेता ने कहा था—तुम कैसे क्या करोगे वहाँ
ले देकर एक ही मुद्रा तो आती है तुम्हें, अभिनय के नाम पर।

मसख़रों ने कहा था मत जाओ, मत जाओ संसार में
यहाँ हम तुम्हें घेर लेंगे
खेल ऐसा है कि इसमें शामिल हुए तो पूरा खेलना पड़ता है
लौट लो, वक़्त है अभी

वह ज़िद में था, बच्चों की तरह जबरदस्ती रहना चाहता था
कहता था—बस हँसते रहे, हँसते रहो
कि हँसता हुआ आदमी रह सकता है
किसी भी नक्षत्र—लोक में एक नागरिक की तरह

इसके बाद जो हुआ, वह उप—संहार है

विद्वान् ही जानें कि उसकी मृत्यु से लोकतन्त्र मज़बूत हुआ
या कमज़ोर
लेकिन हत्यारों, कान खोलकर सुनो,
पानी पीते हुए, हँसते हुए और किसी ज़िद में
जबरन कहीं बसते हुए, आदमी को मारना
निषिद्ध है...

सभ्यता जब उल्लंघन करती है निषिद्ध का
तो काल का घड़ा भर जाता है
और दसवीं मंज़िल से कूदकर संसार में रहने आये
आदमी के स्वप्न की तरह
ताक़तवर से ताक़तवर यथार्थ टूट जाता है।

अमरता

एक न एक बार
मैं अचानक खोल दूँगा अपनी आँख
और पकड़ में आ जायेंगे पिता

लेकिन हर रोज़
मेरे जागने पर
ग़ायब रहते हैं पिता के जूते, उनके कपड़े
और सारे निशान

वे बहुत रात गये आते हैं
बिना आवाज़ किये फ़र्श पर रखते हैं अपना सारा सामान,
कोने में टिकाते हैं छाता, कपड़े बदलते हैं
और बैठ जाते हैं चुपचाप

मेरी नींद को और गाढ़ा करती है उनकी थकान
उनका पसीना मेरी साँस को छूता है

पन्द्रह साल हो गये
कभी नहीं खुली मेरी आँख
हर बार मैंने मौक़ा खोया
न सही वक़्त पर जागा, न सोया

लेकिन एक–न–एक आधी रात
मैं अचानक धोखे से जाग कर
पकड़ लूँगा पिता को

पिता धीरे–धीरे हँसेंगे अँधेरे में धुँधले होते हुए
'तो आख़िर तूने पा ही लिया मुझे शैतान'
इस तरह
मैं पिता को अमर कर दूँगा।

बस में पिता

मैंने बिल्कुल साफ़–साफ़ देखा
उस बस पर बैठे
कहीं जा रहे थे पिता

उनके सफ़ेद गाल, तम्बाकू भरा उनका मुँह
किसी को न पहचानतीं उनकी आँखें

उस बस को रोको
जो अदृश्य हो जायेगी अभी

उस बस तक
क्या
पहुँच सकती है
मेरी आवाज़?

उस बस पर बैठकर
इस तरह क्यों चले गये पिता?

इंजीनियर इन्तज़ार में हैं

मुझे होश नहीं था जब मैं आँखें मूँदकर
गा रहा था
उस वक़्त इतिहास वहाँ ख़त्म हो रहा था

मैं तो गाने में लगा था और इतिहास
हारमोनियम में बदल रहा था, जिसकी संगीत में
अब कोई ख़ास भूमिका नहीं बची थी

मैं तो राजकपूर की फ़िल्मों की धुनें बनाने में मगन था
जब कि लोगों को उन फ़िल्मों के सिर्फ़ ग़रीब से जोकर
भर याद थे
हद थी कि कोई मुझसे कुछ बोल नहीं रहा था
कोई कुछ बता नहीं रहा था
मेरी क़मीज़ और पतलून पर
कोई टिप्पणी नहीं हो रही थी
जब कि अख़बारों से मुझे सन्देह होता था
कि हत्यारे और अपराधी पुरातत्त्व–वेत्ताओं की पोशाक में
ख़बरे लिख रहे थे

'दूर हटो अय दुनिया वालों
हिन्दुस्तान हमारा है...'

यह एक पुराने गाने की पंक्ति थी, जिसे
डेढ़ घण्टे से शास्त्रीय ढंग से
मनोयोगपूर्वक मैंने पूरा किया।

चावल अभी पका नहीं था
स्त्री नहाने से डर रही थी
गुसलख़ाने में कैमरे लगे थे और नल की टोंटी में
कार लिए हुए कोई अमीर लफंगा हँस रहा था
बच्चे दिनभर की ख़ुराक़ और उम्र भर की किताबें
बस्ते में भरकर सीढ़ियाँ उतर रहे थे
सीढ़ियों में कोई बल्ब नहीं था

एक ज़माना था, हम माता–पिता हवाई जहाज़ हुआ करते थे
पंख हुआ करते थे हमारे, जो सूरज की किरणों में आकाश
में चमकते थे

अब हम देखते हैं बहुत सारे इंजीनियर
सीढ़ियों के नीचे खड़े हैं इन्तज़ार में
निश्चित है वे स्कूल जाते बच्चे को खोल डालेंगे
हमारे पंखों और यन्त्रों को उन्होंने ही खोलकर
गोदाम में डाल दिया था
मरम्मत के बहाने एक दिन

तब से वहीं पड़े हैं पुर्ज़े हमारे
हारमोनियम की बगल में।

दुर्दिनों में कविताएँ

एक

तिनके की उम्मीद में आप करते हैं टेलीफ़ोन
तो सब बाथरूम में होते हैं।

आप जेब के सिक्के टटोलते हैं
राज्य परिवहन की बस से बहुत दूर
दोपहर में जाते हैं उनसे मिलने
वे सो रहे होते हैं

बीस साल पुराना बचपन का दोस्त नौकरी से बरख़ास्त होकर
अपने पिता का इलाज कराने आपके घर आ जाता है

कविताएँ जीवन स्तर की तरह ही
निकृष्ट हो जाती हैं
(उदाहरणार्थ यही कविता)

दुर्दिनों में नहीं कहीं मिलता उधार
फिर भी हम खोजते–फिरते हैं प्यार

दो

जीवन भर के सारे सिक्के
तालाब में कूदकर मछलियाँ बन जाते हैं

स्वर्ण के सारे मुहर मेढक
और ज़ेवर साँप

जाल में से निकलते हैं
फूटे हुए काले मटके

नल भटकता फिरता है नगर–नगर
दमयन्ती चांडाल के बिस्तर पर
अपनी देह के चीथड़े सीती है

तीन

हाथ जोड़े हुए दूर से मुस्कुराते रहते हैं आप
हृदय में उठती है आँधी कहने के लिए
नमस्कार...नमस्कार...

किसी दृश्य की तरह देखते हुए आपको
आपके बगल से गुज़र जाता है
राजधानियों के संवेदनशील कवियों का गिरोह
किसी कविता की कतिपय करुण पंक्ति पर
मगन मन मूंड़ हिलाता

चार

कठघरे में चीख़ता है बन्दी

'योर ऑनर,
मुझे नहीं मैकाले को भेजना चाहिए
कालापानी'

'योर ऑनर,
इतिहास में और भविष्य में फाँसी का हुक्म
जनरल डायर के लिए हो'

'मुजरिम मैं नहीं
हिज़ हाईनेस,
मुजरिम नाथूराम है'

नेपथ्य में से निकलते हैं कर्मचारी
सिर पर डालकर काला कनटोप
उसे ले जाते हैं नेपथ्य की ओर

न्यायाधीश तोड़ता है क़लम
न्यायविद् लेते हैं जमुहाइयाँ

दुर्दिनों में ऐसे ही हुआ करता है न्याय

तिनसुकिया

अपन तिनसुकिया में बैठकर
चले जायेंगे...

यहाँ तो क्या रहना

बहुत दूर जाती है तिनसुकिया

तिनसुकिया हारे हुए मुसाफ़िरों के उम्मीद में डूबे
दिलों की तरह धड़कती है...

चलो तिनसुकिया में चलो...
लाइन हरी है

तिनसुकिया अब छूटने वाली है

बीतता हुआ दिन

यह इस दिन की ठीक अन्तिम साँस है
फिर तो सन्नाटा
फिर तो अन्धकार

किसने किसको पुकारा
कौन कहाँ डूब गया

यह एक चमकता हुआ मोती था
समय के किसी अज्ञात गर्भ से छिटककर
समुद्र की छाती पर
सूर्य की नन्हीं कली–सा जलता

कोई एक बहुत कोमल फूल
साँझ की अन्तिम धूप की सबसे कमज़ोर टहनी पर
खिला हुआ
काँपता

यह मेरे ही इस जीवन का एक दिन था

यह जो था बीतता हुआ
मेरे रक्त में निहारता अपना पराजित चेहरा

परेशान कि किस दरिद्र के जीवन की तिथि बनकर जिया
यह मेरी उम्र के सबसे अनमोल काँच का कलश
जिसमें मेरे आँसू थे

इस अन्तिम साँस में
अभी कई काम निपटाने हैं
कई चीज़ें पड़ी हैं अधूरी
यह लौट जाये ईश्वर के पास उसके ब्रह्माण्ड में
फिर कभी लौटकर मेरे पास न आने के लिए
उसके पहले जल्दी–जल्दी लिखनी हैं मुझे
कुछ जल्दबाज़, ख़राब कविताएँ
कई अपरिचितों को लिखना है पत्र

और रोना है
पिछले सारे दिनों का रोना
इसके भीतर।

क़ायदा

कोई नहीं डाँटेगा ज़ोर से
'बायें चलो',
लेकिन हम सड़क पर बायें चलेंगे
कोई नहीं कहेगा बाहर पाजामा मत पहनो
हम लेकिन नहीं पहनेंगे

हम कोई नहीं रोकेगा आधी रात गाने पर
हम लेकिन गायेंगे नहीं दिन में भी
कहीं नहीं लगा होगा कैमरा
कहीं फ़ोन टैप नहीं हो रहे होंगे हमारे
कोई हमारी चिट्ठियाँ खोलकर पढ़ नहीं रहा होगा
हम लेकिन बोलेंगे–लिखेंगे
अस्पष्ट, सुरक्षित, चालाक और शालीन शब्द

हम भी होते जायेंगे नागरिक

क्यू में खड़े होंगे, टिकट ख़रीदेंगे,
छुट्टे पैसे देंगे
बस में धूम्रपान नहीं करेंगे
फ़िल्म हॉल में नहीं खायेंगे मूँगफली

लगातार हम सोचेंगे
एक सुंदर जीवन और एक सुन्दर कविता के बारे में।

आलोचना की सूची में होगा हमारा भी नाम
संस्थाएँ हमें भी भेजेंगी विदेश
हमारे कन्धे भी ओढ़ेंगे शाल।

दशहरी आम

आम दशहरी यह

बन्द है इसमें
बैशाख की लू भरी दोपहर
की थकान और तपिश में
छाँह का एक छोटा–सा
घना घेरा

दशहरी आम के भीतर
भिंजा हुआ है गाँव के सबसे मीठे
कुएँ का पानी

कन्ना दी और दित्ता बुआ के घड़े का
सबसे ठण्डा पानी
चुराती हैं जड़ें जिसे
धरती के अँधेरे में से रेंगकर
रात–रात भर
दिन–दिन भर

पगी हुई है इसके भीतर
उतरते जेठ में घिरे बादलों की ठण्डी बौछारें

पक रही है इसमें
आषाढ़ की पहली–पहली पुरवाई की नमी

दूर पहाड़ों के ऊपर बैठकर
मानसून ने देखा है पोसा है इसे
इसके भीतर अभी तक
एक अदृश्य बारिश हो रही है

डालों ने भाई की तरह रखा है
पत्तियों ने लुका–छिपी खेली है
और आँचल में ढँपकर
गुड़ की डाली खिलाई है
चपतियाँ लगाकर

पुराने ढूह के नीचे दबी
मिसरी की खदान में से निकाली हैं
नन्हीं–नन्हीं कनियाँ
इस पेड़ पर हथेलियों ने
अपनी नसों में घोला है
फोहों से पिलाया है इसे

इसके भीतर
खाने लायक़
पीला कपास है
मीठा

ठेले पर रखी टोकरी
और पुआल के बीच
पक रहा है दशहरी

दशहरी में उतर रहा है
आषाढ़ के बादलों और हवाओं का
रस

शहद की फुहारों से
स्वादिष्ट
कपास भीग रहा है।

नहीं तो मैं रास्ता भूल जाऊँगा

अभी भी, झाड़ियों के पीछे
लुढ़कती जा रही है किरमिज की गेंद
परोसी गयी थाली में से अभी तक उठती है भाप

कोई डाँटता है मुझे कई वर्ष पार से
घर लौटने के लिए और हाथ मुँह धोने के लिए

धूप अभी गयी नहीं
अभी भी अधूरा है सतगुड्डी का खेल
अभी नहीं जली है साँझ की लालटेन

सीटी बजते ही मैं दौड़कर जाऊँगा
खोजूँगा एक–एक कर के सब को,
जो छुपे हैं यहीं कहीं, दीवारों, किवाड़ों और पेड़ों के पीछे
चकमा देने के लिए

रेलगाड़ी के धुँए में लड़खड़ा रही है मेरी पतंग
जिसके मँझे से
कट गयी है मेरी उँगली और
ख़ून की बूँदें ओस की तरह गिर रही हैं भविष्य में

मैं अब घर लौट जाऊँगा
हाथ मुँह धोऊँगा और खाना खाऊँगा
गणित का काम पूरा करूँगा, दुनिया रटूँगा, इमले लिखूँगा
उलट लूँगा पाजामे पर स्याही की दावात
मेरी कॉपी में अभी भी है दुनिया हज़ारों छोटी–बड़ी
रंग बिरंगी टिकटों का अलबम
पहाड़ियों के पार
चरवाहा हाँके लिए जा रहा है भेड़ों का झुण्ड

वह मैं हूँ
सबसे पीछे छूट, गया, डगमगाता
सबसे नन्हा, सबसे सफ़ेद मेमना

पहचान लो मुझे
नहीं तो मैं रास्ता भूल जाऊँगा।

बारिश में कंचे

झमाझम झड़ी लगी हो
जब भादों वाली
कई दिन से
तार–सी
न टूटने वाली लगातार

तुम बारिश के बीच
कोई ख़ाली मौक़ा चुराना
और सामने के चौगान में
ख़ूब सारे कंचों की तरह बिखर जाना

बारिश में भीगेंगे धुलेंगे सारे कंचे
काँच बरसेगी
उनके भीतर के रंगों की चमक में।

मैं छुपाता हूँ

मैं छुपाता हूँ अपने भीतर प्यार

छुपाता है सबूत जैसे हत्यारा
जुआरी अपना–अपना दारिद्रय
ओस अपने भीतर छुपाती है जैसे भाप
बर्फ़ जैसे तरलता

सदगृहस्थनें छुपाती हैं जैसे अपनी पुरानी चिट्ठियाँ
मछलियाँ अपने आँसू
समुद्र जैसे अपनी प्यास

कुत्ता जैसे भविष्य में छुपाता है
रोटी का एक टुकड़ा
उस तरह जिस तरह दियासलाई छुपाती है
अपने भीतर आग

छुआ गया मुझे अगर तो
बिल्कुल सम्भव है
मैं जल जाऊँ।

सरल रेखाएँ

मैं तुम्हारे बिना रह सकता था पृथ्वी पर अपनी उम्र भर
यह मुझे सिद्ध करना था चुपचाप

यह मैंने सिद्ध किया।

तुम भी रह सकती थीं अपनी उम्र भर इसी पृथ्वी पर
मेरे बग़ैर

तुमने भी सिद्ध किया।

अपनी तो इसी तरह उम्र पूरी हुई आख़िरकार

अब दोनों अपना–अपना रास्ता लें
दो सरल रेखाओं की तरह
जो अनन्त तक कहीं भी न मिलते हों।

की-बोर्ड

माने लेते हैं
कि वह लड़की उदास है

उसके पिछले दिनों में
न होगा कोई दुख
तो भी हम
दुख तो बना लेंगे

हमें लड़की के दुख से
सहानुभूति है और हम भी दुखी है
उतने ही

लड़की को चाहिए
ढाढस
एक सहारा
वह अकेली है
मान लेते हैं कि वह अकेली है

न भी हो
तो भी उसके अकेलेपन में हम
बसना चाहते हैं

हम उस टाइपराइटर के की–बोर्ड की
तरह हैं
जिसे लड़की की उदास और अकेली
उँगलियों का
पता नहीं कब से
इन्तज़ार है।

माधो के लिए दो कविताएँ

एक

माधो, कभी किया है इतना ज़्यादा प्यार?
प्यार, जो कविता के लिए एक अप्रचलित और ग़लत शब्द है
प्यार, जिसमें निरीहता भर जाती हैं साँसों में
जिसमें तुम सुबह उठते हो, एक निराश सड़क पर चलते हो
रात जो तुमने देखा और सोचा या तो वह झूठ था
या जिसे तुम समझ नहीं पाते हो

प्यार, जिसमें धरती के भीतर भर जाती है रोती हुई आँधी
जिसमें आत्मा एक भारी पत्थर की तरह
नींद में डूबती है और टिक जाती है
तुम्हारे माथे पर

जिससे प्यार तुम करते हो उसके रंगों में खोजते हो
पिछले दिनों की आग और पाते हो आजकल की कालिख

प्यार, जिसमें आँसू और क्रोध रक्त की जगह लेते हैं
धमनियों में भरती है मई की दोपहर
पसीना, तुम करुणा से कहते हो, नहीं गिरा काग़ज़ पर,
यह कुछ और था...
तुम चुप रहते हो, बिगड़ते हो,

किताबों के पन्ने हो जाते हैं सफ़ेद,
चिड़ियाँ न आती हैं न तुम लिखते हो,
न तुम सुनते हो न सुनाई देते हो कहीं

प्यार, जिसमें तुम सब कुछ समझते हो और
कुछ भी समझाने की उम्मीद छोड़ देते हो।

दो

करता है माधो जब कोई इतना ज़्यादा प्यार

इतना ज़्यादा प्यार कि किसी के भीतर से भी
निकाल लेता हो कच्चे अमरूद और कपास के गुड्डे
इतना प्यार कि कहने लगता हो कि संसार रंग बिरंगी
टिकटों का एक अलबम भर है
जो चालीस साल की उम्र में
खोज निकाले अपने स्कूल
की कॉपी
और उसके पन्नों से बनाये हवाई जहाज़

इतना ज़्यादा प्यार कि निगल जाये स्याही की दवात,
शिराओं में बजे दूसरों को न सुनाई देने वाला शंख
इतना प्यार कि शुद्ध न रहे उच्चारण, वाक्य पूरे न हों

तो माधो जब करता है कोई प्यार
तो उसके हाथ से न तो उजड़ता है कोई घोंसला
न फूटता है कोई काँच का गिलास

न हो सकता है उसके हाथों कभी तिनके का भी अनिष्ट।

झाड़ी

इसी बग़ीचे में किसी पेड़ के पीछे
छुपा बैठा होगा
थानू

मैं पुकारता हूँ
बीस साल की दूरी से
...था...नू...

उस पेड़ के पीछे झाड़ियों के बीच
फँस कर अटका होगा समय
वहाँ अभी तक
थानू छिपा होगा

थानू और मृत्यु के बीच
अभी भी ज़रूर
एक दूरी होगी।

तीन वर्ष

मैं तुम्हें पिछले
तीन वर्षों से जानता हूँ

तीन वर्ष इतने जल्दी नहीं होते
जितनी जल्दी कह दिये जाते हैं

तीन वर्षों में
क़लम में आम लग जाते हैं
सामने की छत पर
दोपहर कँघी करने वाली लड़की
कहीं ग़ायब हो जाती है
स्कूल के निरंजन मास्साब
शाजापुर चले जाते हैं
काकी को तपेदिक हो जाता है और
तीन वर्षों में
मुझे और मेरे भाई को कहीं नौकरी नहीं मिलती

तीन वर्षों में
हमारे चेहरों, प्रेमिकाओं और उम्मीदों
और बहुत सारी चीज़ों को घुला डालने लायक़
काफ़ी सारा तेज़ाब होता है

मैं तुम्हें पिछले
तीन सालों से बताना चाहता हूँ
कि इन अख़बारों में
पिछले कई वर्षों से हमारे बारे में
कुछ भी नहीं छपा।

क़ैदी

वे तीन थे
और जैसे किसी जेल में थे

भीतर थी एक संकरी–सी कोठरी
जिसके भीतर सिर्फ़ उनका ही संकरा–सा जीवन
और उनकी ही थोड़ी–सी साँसें थीं

एक सन्तरी की तरह टहलता था
दूसरा वार्डेन की तरह देता था हिदायतें
कविता के सख़्त क़ायदों के बारे में

तीसरे को
दोनों ऐसे देखते थे
जैसे देखा जाता है कोई क़ैदी।

उजाला

बचा लो अपनी नौकरी
अपनी रोटी अपनी छत

ये कपड़े हैं
तेज अन्धड़ में
बन न जायें कबूतर
दबोच लो इन्हें

इस कप को थामो
सारी नसों की ताक़त भर
कि हिलने लगे चाय
तुम्हारे भीतर की असुरक्षित आत्मा की तरह

बचा सको तो बचा लो
बच्चे का दूध और रोटी के लिए आटा
और अपना जेब ख़र्च
कुछ किताबें

हज़ारों अपमानों के सामने
दिन भर की तुम्हारी चुप्पी
जब रात में चीख़े

तो जाओ वापस स्त्री की कोख में
फिर बच्चा बनकर
दुबारा जन्म कर लेने का
संकल्प लेते हुए

भीतर से टूट कर चूर–चूर
सहलाओ बेटे का गर्म माथा

उसकी आँच में
आने वाले कोंपलों की गन्ध है

उसकी नींद में
आने वाले दिनों का
उजाला है।

परछाईं

वैशाख की कठिन दोपहर
लौटते होगे भइया तुम जब परदेस से
अपना सारा दुख अपने कसमसाते अनुभव
अपनी सारी कमाई
पीठ पर गठरी में बाँधे और
सूरज की हज़ारों–लाखों बरस की आग को झेलते

मीलों लम्बी तुम्हारे जीवन की सड़क पर
जब कोई न होगा अपना जो लगे
दूर–दूर

हम छाँह देंगे भइया तुम्हारी थकान तुम्हारी फ़िक्र को
अँगार से दहकते तुम्हारे माथे को हम
सहलाएँगे अपनी चोट खायी उँगलियों से

देखना हमें
हमीं होंगे गाछ बनकर खड़े
सड़क के अगल–बगल तुम्हारे स्वागत में थरथराते
धूल भरे तुम्हारे सपनों को
अपनी हरियाली से भिंजाते

हमीं हैं ठण्डी छाँहों वाले पेड़
एक नहीं हज़ार–हज़ार
अपने–अपने दुखों, अपनी–अपनी लड़ाइयों में खड़े
अपनी–अपनी उखड़ती जड़ों को धरती की मिट्टी में
भरसक रोपे हुए

हम आयेंगे तुम्हारे पास कहीं दूर से
उड़ते किसी तिनके–पत्ते की तरह
दो पल लगेंगे तुम्हारे तन से
हमें पहचान मत लेना

हम तो रहेंगे आसमान में, ऊपर
कुहरे का एक नन्हा थक्का होकर
लड़ेंगे सदियों पुरानी सूरज की आग से अपनी ताक़त भर

फ़क़त तुम्हारे सिर भर छाँह दे पाने को
हम होंगे हवा अपने शरीर में भर कर तुम्हारी साँस
किसी डाल को ज़ोर–ज़ोर से हिलाएँगे
कि मन बँटे तुम्हारा

घर में बटलोई में स्वाद होकर उबलेंगे हम
धुआँ बनकर चढ़ेंगे मुंडरों पर
रास्ते में पोखर का ठण्डा–मीठा पानी होकर
भेंटेंगे तुम्हारी प्यास

घर के दरवाज़े पर बहन और भौजी की
आँख की कोरों में देखना भइया तो
झिलमिलाते होंगे हम
अपनी अछोर उमंग में

तुम्हारे बीते दिनों की एक–एक
ख़ुशी को समेट–बटोर कर हर बार तुम्हारी
आँखों के सामने खड़े डबडबाते हम होंगे

हमीं तो हैं भइया
गाँव में अपने लोगों की आँखों में से झाँक कर
तुम्हारा हाल–चाल पूछते
परछाईं होकर हमीं रहे हैं तुम्हारी बिपदा में

बाघिन और तेंदुओं के राज में
तुम्हें ढाढस बँधाने
तुम्हारे ख़रगोश सपनों को लोरी सुनाने
हमीं जागते रहे हैं रात भर

हम तुम्हारे दुख के आँसू हैं भइया
हम तुम्हारे गुस्से की आँच हैं
तुम्हारे ख़ून की ताक़त हैं हमीं
हमीं हैं तुम्हारे दुर्दिनों में कहीं अँतरे–कोने से
निकल कर अचानक उमग पड़ती कोई हँसी।

हम वही हैं

बड़ी अम्माँ
पेट अभी भरा नहीं हमारा
गले में अभी तक बाक़ी है स्वाद

हम नहीं माँगेंगे और भात–दाल
रहेंगे चुप किये नीचा सिर
तुम जान लो बड़ी अम्माँ और परोस दो
बचपन की तरह

तो न्यामत है...

हक़ तो नहीं बनता हमारा खाने का इतना अन्न
हमने किया क्या है जीवन में

नहीं पड़ा है बालों में तेल,
इतने वर्षों में नहीं ख़रीदी गयी कोई चीज़,
कमीज़ चलती है पुरानी, भाई की
तुम्हारे ही साबुन से किया है स्नान

पानी अब भी वैसा ही ताज़ा और शीतल था बड़ी अम्माँ
नहाते हुए अब भी हमें आती थी यों ही रुलाई

कहीं पर हम चूक गये थे बड़ी अम्माँ
किसी जगह हम ग़लत हो गये थे बड़ी अम्माँ
या शायद बाहर सब कुछ ग़लत हो गया था बड़ी अम्माँ

अँधी थीं हमारी किताबें, हमारी स्लेटें अँधी थीं
हमारे बस्ते में भरा था अन्धकार
अन्धकार में बहता था हमारा पसीना
किसी ने हमें कहीं नहीं पहुँचाया बड़ी अम्माँ

तुम्हीं पहले कहती थीं कई–कई मरतबा
और तुम्हारी अभिभूत उँगलियाँ सहलाती थीं हमारा मस्तिष्क
और बुआ कहती थीं
और हमारी अम्माँ अपनी मृत्यु के बाद
कहीं दूर से छिप कर बोलती थीं
नसीब होगा हमें कार्तिक के आकाश–सा निरापद जीवन
पिता की छाती–सा गम्भीर, नक्षत्रों भरा विशाल

लेकिन यह क्या कर डाला बड़ी अम्माँ
हमने कैसे जी डाला यह जीवन

लौट फिर कर आते हैं हम तुम्हारे पास
लेकर अपनी वही पुरानी निर्भरता
किसी यत्नपूर्वक भुलाई गयी चीज़ को बेशर्मी से फिर–फिर
याद दिलाते
फिर से माँगने अन्न।

एक कविता के नोट्स

कितना विशिष्ट है अपने टिफ़िन कैरियर में
मुँह घुसा कर अकेला खाता हुआ
कवि

कितने विशिष्ट ढंग से चलता है
कचर–कचर उसका मुंह
कितने विशिष्ट ढंग से फूलती है बार–बार
उसकी कनपटी की वह भयावह भूखी नस

कितने शालीन हैं उसके बाहर निकलते हुए दाँत
और वह चतुर चश्मा

विशिष्ट ढंग से एक दिन वह
खा जायेगा सारे अख़बार और पत्रिकाएँ,
समकालीनों की हड्डियाँ मिलेंगी उसकी
प्लेट पर

आधी रात में दारू पार्टी के उपरान्त
वमन आदि के पश्चात्
वह धोयेगा वाशबेसिन में अपना महान मुँह।

अलविदा आख़िरकार

मैं भी इसी बस में हूँ
जा रहा हूँ मैं भी कहीं
मेरी भी होगी ज़रूर कोई आत्मकथा

तुम भी हुई होगी इस बस पर सवार
किसी और जीवन से गुज़रते हुए
तुम्हें भी करना होगा एक चौखट पार
स्तब्धता, पराजय और थकान से भरे घर में
दाख़िल होने के लिए

तुम्हें नहीं पता होगा कितनी पुरानी है मेरी शर्ट
कितना अच्छा लगता है मुझे बारिश के कुछ पहले का
आसमान
कितने पुराने हैं मेरे धूल सने टूटे–फूटे विचार
मेरे झोले की किताबों में बन्द है
मेरी कितनी विफलताओं और यन्त्रणाओं की निःशब्दता

मेरी भी एक ख़ामोशी है जो रहती है हमेशा ख़ामोश
जिसके उस पार लोग आते हैं और जाते हैं
चढ़ते–उतरते हुए, अपने सफल–असफल कन्धे हिलाते

'अलविदा'
अपनी खोई हुई बदहवास आत्मा के
सूखे प्यासे थके कण्ठ से
पानी के बाहर फेंकी गयी मछलियों की तरह
अपनी साँस माँगती आँखों में नदी का सारा अँधेरा भर कर
मैं आज बोलूँगा

पहली बार
इस इद तक हारता हुआ
इस क़दर अकेला होता हुआ

तुम्हारी उदास पीठ
अब दिखायी देगी मुझे जीवन भर
किसी अजनबी स्टॉप पर उतरकर मुझसे दूर जाती हुई

जैसे हर आदमी को एक न एक बार
बचपन की सारी कन्दीलें
बाहर की ओर जाती सड़क तक छोड़कर
लौटती दिखती हैं अपने शहर की ओर
उससे उम्र भर दूर जाती हुईं।

भागो

दफ़्तर से निकलता
अपने शरीर को झुलाता, अपने होने को बजाता
अपने जीवन को लिए हुए चला आ रहा कवि है

कवि के जीवन में होती है
इतनी कविता – इतनी कविता
कि दिखाई नहीं पड़ता जीवन

कवि की कविता में होता है
इतना जीवन – इतना जीवन
कि दिखाई नहीं देती कविता

कवि के डर में होता है
इतना डर–इतना डर
कि दूसरों को आ जाती है हँसी

कवि के प्रेम में होता है
इतना प्रेम–इतना प्रेम
कि घबराती है लड़की

कवि के दुख में होता है

इतना दुख–इतना दुख
कि बनते हैं चुटकले

कवि की चीनी में होती है
इतनी चीनी–इतनी चीनी
कि बैठती नहीं कोई मक्खी

कवि की हँसी में होती है
इतनी हँसी–इतनी हँसी
कि डर के मारे रोता है बच्चा

अख़बार में अपनी रचना को छपाता
अपने जीवन को ज़ोर–ज़ोर से बजाता
इसी दिशा को चला आता
दिखायी पड़ रहा कवि है

भागो, भाई
भागो।

नमस्कार

पानी अगर सिर पर से गुज़रा, आलोचको
तो मैं किसी दिन आजिज़ आकर अपने शरीर को
परात में गूँथकर मैदे की लोई बना डालूँगा
और पिछले तमाम वर्षों की रचनाओं को मसाले में लपेटकर
बनाऊँगा दो दर्जन समोसे

और सारे समोसे आपकी थाली में परोस दूँगा

तृप्त हो जायेंगे आप और निश्चित
कि आपके अखाड़े से चला गया
एक अवान्छित कवि–कथाकार

नमस्कार!

हम हैं ताना...हम हैं बाना

हम हैं ताना...हम हैं बाना
हमीं चदरिया, हमीं जुलाहा, हमीं गजी, हम थाना।। हम हैं ताना...।।

नाद हमीं, अनुनाद हमीं, निःशब्द हमीं गम्भीरा,
अन्धकार हम, चाँद—सूरज हम, हम कान्हा हम मीरा।
हमीं अकेले, हमीं दुकेले, हम चुग्गा, हम दाना।। हम हैं ताना...।।

मन्दिर—महजिद, हम गुरुद्वारा, हम मठ, हम बैरागी
हमीं पुजारी, हमीं देवता, हम कीर्तन, हम रागी।
आखत—रोली, अलख—भभूती, रूप धरें हम नाना।। हम हैं ताना...।।

मूल—फूल हम, रुत बादल हम, हम माटी, हम पानी
हमीं जहूदी—शेख़—बरहमन, हरिजन हम ख्रिस्तानी।
पीर—अघोरी, सिद्ध—औलिया, हमीं पेट, हम खाना।। हम हैं ताना...।।

नाम–पता, ना ठौर–ठिकाना, जात–धरम ना कोई
मुलक–ख़लक, राजा–परजा हम, हम बेलन, हम लोई।
हम ही दुलहा, हमीं बराती, हम फूँका, हम छाना।। हम हैं ताना...।।

□□